2023 한양대학교 연극영화학과
캡스톤
창작희곡선정집

•

10

2023한양대학교
연극영화학과

캡스톤

창작희곡선정집

10권

평민사

— 차례 —

펴낸이의 글

한양대학교 연극영화학과 〈캡스톤 창작 희곡 선정집〉이 올해로 열 번째 출간을 하게 되었습니다. 2017년, 학생들의 창작물에 의미 있는 디딤돌을 만들어 주고자 시작했던 작은 발걸음이 모여 이제는 한국 연극계에 연속성과 지속성을 갖는 하나의 희곡집으로 자리매김했다는 사실에 무한한 기쁨을 느낍니다.

희곡은 그 자체만으로도 문학적 가치가 있습니다. 그러나 희곡의 완성은 결국 무대화의 과정을 거친 관객과의 만남에 있다고 봅니다. 본 희곡집에 실린 모든 작품들은 무대화의 과정을 거치며 창작의 시행착오를 경험한 후 완성된 산물입니다. 작가 개인의 창작으로만 완성된 작품이 아니라 팀원들의 아이디어, 리허설 과정에서의 협업, 그리고 관객의 피드백 등을 종합적으로 반영한 노력의 결실입니다. 물론 인간 삶과 세상을 바라보는 깊이감에 있어서는 전문 극작가들에 비해 많이 부족하겠지만, 오히려 젊은 세대들이 그들의 시각과 그들만의 언어로 세상을 담아내려 한 참신함은 본 희곡집만이 갖는 고유의 특성이 될 것으로 판단됩니다. 기존의 틀과 표현 방식에 국한되지 않고, 자신만의 상상력을 거침없이 펼쳐내 볼 수 있는 표현의 장으로서 본 희곡집은 또 다른 특별한 의미를 갖습니다. 이러한 새로운 시도들이 모여 미래 한국 연극이 나아가야 할 돌파구를 마련하는 계기가 될 수 있다고 믿습니다.

본 희곡집이 출판될 수 있기까지 물심양면으로 도와주신 한양대학교 링크 3.0 사업단 관계자분들과 출판의 모든 과정을 진행해 준 안준환 작가에게 감사의 말씀 전합니다. 무엇보다 본 출판의 의미를 소중하게 여겨주시며 언제나 기쁜 마음으로 출판을 진행해 주시는 평민사 이정옥 대표님께도 감사의 말씀 전합니다.

한양대학교 연극영화학과는 앞으로도 다양한 창작 작품들을 세상에 끊임없이 선보이는, 콘텐츠 창작의 마르지 않는 샘물이 될 수 있도록 최선을 다할 것입니다.

펴낸이　권 용, 김준희, 조한준, 우종희

206 장도

극작 : 김승철

0장 – 시작

무대 위는 텅 빈 공간
무대 아래에서는 갖가지 도구들이 극 중간중간 꺼내져 사용된다.
무대 위 공간은 어느 시간, 어느 공간으로든 자유로이 변주된다.

시민 유해발굴 감식 활동 5일차… 6일차… 7일차… 유해발굴 종료. 공간은 유해발굴 현장. 장도, 유해발굴과 관련된 기록물들을 살피고 있다. 기록물에는 그날의 기록 등과 관련한 문구들이 적혀있다. 유해발굴 감식반 인원들은 계속해서 유해발굴을 진행 중이다.

나랑 악수할래!

죽음 있잖아, 기억나? 누군가의 뱃속에 있을 때 작은 네가 스스로 문에게 악수를 청했어. 근데 문을 열고 나가면, 전부 다 잊더라. 그래도 분명 너한테 있었던 거야. 포근한 품속에서 삶을 결심했던 기억. 띵!
안녕! 나는 죽음. 너희 인류가 살아오며 만든 기억이 쌓여서 지금의 내가 됐어. 아, 근데 죽음보다는 주마등이 더 익숙할지도 모르겠다. 그러니까 너희가 아이고 죽겠다!라고 말할 때 주마등으로 내가 스쳐가. (어?) 쓩~ 하고. 그 주마등에서 너희한테 필요한 기억들을 내가 꺼내주고 있어. 그런데 가끔 아무것도 기억하지 못한 채로, 어떠한 삶의 의지도 목표도 없이 사라가는 아이들이 있어. 그럴 때면 죽음인 내가! 우연을 가장한 필연적인 만남을 제공한다!! 그리고 지금 여기 2023년. 죽지 못해 사는 아이가!

All – 이야기는 장도로부터!

1장 – 장도와 필

유해발굴 종료.

천둥번개 친다. 순간 정적. 장도, 만년필을 발견한다. 먹구름 소리와 함께 소나기가 내린다. 철수한 유해발굴 현장 속, 홀로 남아있는 장도.

장도 텅 빈 유해발굴 현장. 할아버지의 과거에 대한 어떠한 단서도 찾지 못한 채 난 여전히 땅을 파낸다. 할아버지는 돌아가시기 전날 밤, 고철덩어리를 주시며 나에게 이상한 이야기들을 들려주셨다… 무슨 이야기였는지 지금은 잘 기억나지도 않는다. 그런데 난 여기서 뭘 하고 있는 거지. 집으로 돌아가지도, 머물지도 못한 채 그냥 하염없이 땅만 파내고 시간만 축내고 있다… 할아버지는 왜 나에게 이 고철덩어리를 남기신 걸까. 할아버지가 돌아가신 뒤로 (띵!) 할아버지에 대한 어떠한 기억도… 남아있지를 않다.

죽음 아무튼 내가 너희한테 바라는 건 그렇게 크지 않다는 거야. 잘 살다가, 잘 죽어서 나랑 다시 만나는 거. 그치만 그걸 어려워하는 아이들한테는 내가 직접 나타나기도 혹은 도구의 도움을 받기도 해. 기억이 가득 담겨 있는 도구를!

장도 그때 무엇인가 손에 잡힌다.

죽음, 장도와 만년필! 악수를 한다!!

만년필, 흙더미 사이에서 나온다.

필　폭격! 우다다다다다 두두다다.

죽음　안녕!

필　(사이) 네가 날 꺼낸 거니?

죽음　(고개를 저으며) 저 아이가 꺼내줬어. 재 이름은 장도. 오랜 기간의 여정.

필　장도… 넌 누구야?

죽음　나는 죽음.

필　내가 드디어 죽은 건가?

죽음　아니 아직은 아니야. 끝을 못 봤잖아.

필/죽음　순간. 순식간에 찾아오는 기억들이 머릿속에서 뒤죽박죽.

죽음　어질어질! 기억나?

필　끝은 뭐야?

죽음　죽음.

필　있잖아. 나 잊혀진 건가? 더 이상 사용될 수 없는 건가? 아무것도 하지 못하고 이렇게 끝나는 건가??

죽음　있잖아. (사이) 그래서 말인데!! 날 좀 도와줬으면 해!

필　내가 너를…? 어떻게?

죽음　206의 이야기를!! 장도에게 들려줘!!

필　들려주면?!

죽음　끝을 볼 수 있을 거야!!!

죽음, 여러 기억이 혼재되어 있는 무형의 공간으로 필과 장도를 이끈다.

군수공장 소리, 전쟁 소리, 길거리에서의 환호성, 잡화점에서의 소리들, 호루라기 소리 등등이 섞여 들려온다. 총파업 현장의 소리들 (녹음 – 바다를 한 번도~, 가자가자 하십니다! 어기영차!), 파도소리.

장도 불쾌한 기억들. 내 기억도 아닌 것이 이상하리만치 익숙하다. 분명 나는 아무것도 느끼지 못하고 아무것도 기억하지 못하는데… 어째서 이 기억들은 익숙한 걸까.

필 안녕! 장도.

장도 누구…?

필 난 만년필이야. 간단하게 필이라고 불러.

장도 만년필…?

필 기억 안 나?

장도 분명 땅을 파내다가 무엇인가 손에 잡혔고….

필 나와 악수를 했지! 고마워 꺼내줘서. 그런데 여기서 뭘 하고 있던 거야?

장도 돌아가신 할아버지가 남긴 이 고철덩어리. 어릴 적에 사셨대. 이 지역에서. 와서 뭐라도 파보면 뭐라도… 알 수 있을까 싶어서. 생긴 게 꼭 탄피 같다….

필 폭격!! 우다다다 두두다다! 아오 습관처럼 나오네.

장도 너가 그러는 것도. 이 기억들이랑 관련이 있는 건가?

필 맞아. 206의 기억. 있잖아. 넌 나를 어떻게 사용할 거야?

장도 사용… 내가 너를…? 근데 아까부터 왜 자꾸 우는 거야?

필 우는 거 아니야. 잉크가 새는 거야. 예전에. 갓난아기한테 뚜껑을 빼앗겼거든.

장도 근데 혹시 우리 만난 적이 있던가?

필 아니 우리 완벽히 초면이야. 그런데.

장도 그런데.

필/장도 왜인지. 이 녀석. 익숙하다. 띵!

군수공장 소리, 전쟁 소리, 길거리에서의 환호성, 잡화점에서의 소리들, 호루라기 소리 등등이 섞여 들려온다, 총파업.

현장의 소리들. (녹음 – 바다를 한 번도~, 가자가자 하십니다! 어기영차! 만세!!), 파도소리.

장도 불쾌한 기억들. 내 기억도 아닌 것이 이상하리만치 익숙하다. 분명 나는 아무것도 느끼지 못하고 아무것도 기억하지 못하는데… 어째서 이 기억들은 익숙한 걸까. 이상한 기억들과 할아버지의 기억이 뒤섞여 들려오기 시작한다. 할아버지가 어릴 적에 사셨던 이 지역에서. 난 뭘 찾고 싶었던 걸까. 띵!

필 내가 들려줄게. 여기에서의 기억. 206의 기억.

장도/필 어쩌면… 할아버지의 기억까지도. 띵!

필 나랑 악수할래!!

장도 아야.

죽음 여기서부터 시작됐어. 아야.

2장 – 205, 206 / 첫 번째 기억

쿵 구르는 소리, 부서지는 소리.

1930년 누군가의 탄생의 순간.

죽음 준비됐어!!

응애 응애! 준비 완료!!

죽음 자 이제 나갈 시간이야!!

응애 오케이 밀어줘!!

사이.

응애 왜 안 밀어줘…?
죽음 탄생의 순간! 너가 스스로 문을 열고 나가야 해.
응애 열… 열어…? 어떻게?
죽음 응애!!! 문에게 악수를 청한다!
206 나랑 악수할래!!!
장도/206 생각보다… 친절한 앤가 보네.
필 과연 그럴까. 살아오면서 성격이 많이… 더러워졌거든. 각오하는 게 좋을 거야.

1945년 어느 여름날.
군수공장에서 206의 기억.

206 문을 박차고 들어온다.

206 전부 다 꺼져!!! 나는 206. 1930년! 나는 쓰레기장에서 태어났다. 내 엄마는 나를 낳자마자 죽었다. 내가 본 세상은 차갑고 흑백이고 역겹고 불쾌했다. 그렇게 나는 아무것도 느끼지 않고 기억하지 않게 되었다. 간혹 기억나는 것들이 생기더라도 쳐내! 쳐내! 다 쳐낸다. 분명 그랬는데. 분명 그랬는데. 얼마 전부터 이 불쾌한 기억이 떠오르기 시작한다.

심장박동 소리. 파도소리, 파도소리 출렁인다!

장도 저게 너가 말한 206?
필 맞아. 재는 건드리면 물어.

206 쳐내! 쳐내! 쳐내! 안 쳐진다. 이 불쾌한 기억은 뭐길래 안 쳐내지는 걸까.

죽음 기억나??

206 이 불쾌한 기억 속에서 한 가지 분명한 건 죽음과 대화를 나눈다는 것 정도. 이 기억은 도대체 뭘까.

죽음 너가 스스로 문을 열고 나가기 직전의 기억! 물속에서 오랫동안 부유했을 때의 기억!

호루라기 소리.

기억들 기상! 텐노헤이카 반자이!

205 좋은 아침이야!

206 저 녀석은 205.

205 있잖아 너 잘 때 코 골더라!

206 조잘조잘 시끄럽다.

205 있잖아, 내가 이야기 하나를 썼는데!

206 안 궁금하다.

205 바다를 한 번도 가 본 적 없는 206의 이야기!

206 참, 쓸데없는 이야기. 쳐내! 쳐내!

205 그런데 얼마 전부터 206에게 불쾌한 기억이 떠오르기 시작한다. 심장박동… 출렁이는 파도소리… 그건 아마도… 포근한 기억….

206 쳐내! 그런데 왠지 익숙하다

205 당연하지. 너가 들려줬잖아. 그 포근한 기억!

206 불쾌한 기억.

205 더 들려줘!

206 205가 쓰고 있는 이야기의 첫 줄. 그 첫 줄은.

205/206 "나랑 악수할래?"
206 싫다.
205 왜?
206 조잘조잘 시끄럽다.
205 더 들려줘 너 이야기!
206 205는 매일 저 만년필을 가지고 저 쓸데없는 이야기를 써 내려간다.
205 주인공은 왜 바다를 가고 싶어할까!
206 쳐내!
205 포근한 기억의 정체는 뭘까!
206 쳐내!!
205 주인공은 앞으로 무슨 일을 겪게 될까!!!!
206 쳐내!!!!! 왜 그렇게 그 쓸데없는 이야기를 쓰는 거야?
205 너가 들려준 그 기억들을 토대로! 너라는 주인공을! 이야기로 남겨보고 싶어서.
206 참 쓸데없는 짓이네.

필 아… 그 아이 참 글빨이 좋았는데.
장도 그래서 어떻게 되는데?
필 참을성을 좀 가져!
206 205가 쓰고 있는 이야기는 결말조차 없는. 하등 쓸데없는 이야기.
205 세상에 쓸데없는 건 없어!
205/206 있어! 없어! 있어! 없어!! 인정해!! 안 해!! 인정해!! 안 해!!
206 그럼!! 내가 지어줄게 결말.
205 뭔데?
206 그 주인공은 결국 죽는다.

205　기각!

기계부품이 돌아가는 소리가 들려온다. 205는 쉴 새 없이 바다와 관련한 이야기를 한다.
호루라기 소리.

기억들　텐노헤이카 반자이!
206/205　우리는 무기를 제조하는 군수공장의 부품이다! 텐노헤이카 반자이!

호루라기 소리.

205　어기영차!
206　어기영차.
205　어기영차!
206　매일같이. 무기를 제조하는 기계부품으로써 살아간다.
205　그래도! 있잖아! 자주성을 잃지는 말아야 해! 우리는 부품이 아니야!
206　205는 매를 맞기 싫어서 열심히.
205　그래도 마음 깊은 곳에서는 자유가 올 그날만을 기다리고 있어.

호루라기 소리.

205/기억　어기영차! 어기영차! 어기영차!
필　자주성을 잃지 말라는 205의 바램과는 다르게 기계는 자주 말썽을 일으킨다!

장도 기계가 망가지면 어떻게 되는데?
필 어떻게 되긴!

기계부품이 돌아가다가 고장 난다. 발걸음 소리가 들려온다. 기억들이 들어온다.

필 젠따이 슈고! 젠따이 슈고! 젠따이 슈고! 馬鹿朝鮮人! (멍청한 조선인! / 빠가야로 조센징!)
기억 죄송합니다!
필 打ちのめされる時間だ！(처맞을 시간이다! 으치너메 사리르지 칸다!)
기억 죄송합니다! (가학적인 액팅)
필 馬鹿な朝鮮人のやつら° 朝鮮語を使うな! (멍청한 조선인 놈들. 조선말 쓰지 말아라! / 마카나 조센징 노야츠라. 조센고 츠카요나!)
기억 스미마셍!!
206 하-품.
필 死のうと気が狂いそうだ. (죽으려고 환장했구나/시노 토기다 쿠로이 소다)
206 시원하게 두들겨 맞다가 문득. 잔뜩 꺾인 눈썹. 날라오는 침방울. 으르렁대는 목소리. 왜 이렇게까지 화가 났는지 궁금해졌다.
205 제발 가만히 있어…!
206 가만히?
205 가만히…!
206 죽음!
죽음 안녕. 기억나?

심장박동, 파도소리.

206　쳐내!!! 또다시 이 불쾌한 기억이 떠오른다…!

죽음　너가 스스로 문을 열고 나가기 직전의 기억!
물속에서 오랫동안 부유했을 때의 기억!
아직은 간단한 느낌 정도겠지만. 점점 선명해질 거야.

호루라기 소리.

필　카이산!!! (해산)

205　206!!!!!

206　쳐내!!!

205　살아있었구나!

206　안타깝게도. 난 여전히 살아있다.

205　말이라도!

206　어차피 다 죽는다. 너도 죽을 거다.

205　살아있는 동안은 아득바득 버텨내야지.

206　아득바득. 왜 이렇게까지 필사적인 걸까?

205　반드시 가보고 싶은 곳이 있거든! 바로!

206/205　바다.

206　개소리.

205　한 번쯤은 믿어봐.

206　그래봤자 달라지는 건 없다.

205　그래도 한 번쯤은.

206　이봐 205. 근데 왜 하필 악수야?

205　악수는 곧 믿음이자 용기! 온기! 그리고 마음.

206　그딴 건 필요없어.

205 그런 게 살아있다는 건데도?
206 난 죽고 싶은데.
205 있잖아.
206 없잖아.
205 있잖아. 너한테도 분명히 있어.
206 쳐내!! 아 참고로 205는 나에게 불필요한 상식을 알려줬다.
205 화가 나 보이면.
206 고개를 숙인다.
205 기뻐 보이면.
206 입꼬리를 올린다.
205 따라 해!!
206 싫어. 어차피 죽을 거.
205 (머리 쾅) 이씨!
206 ?
205 어….

도망치는 205와 쫓아가는 206.

필 저렇게 205와 206은 매일같이 이 군수공장에서 시간을 보냈어.
장도 정확히 무슨 이야기를 썼던 거야?
필 205는 206을 주인공으로 한 이야기를 써내려간다…!
장도 굳이 저런 애를…?
필 뭔가를 주고 싶어했기 때문이었던 것 같아. 나도 정확히 기억나지는 않지만
글을 쓰며 매일같이 나와 악수했던 205에게서 그 온기가 느껴졌달까.

장도 불쾌하다.

205 그때 고마웠어.

206 뭐가?

205 너가 나 지켜줬을 때.

206 쳐내 쳐내! 닥쳐.

205 오늘도 206은 205를 괴롭힌다. 206은 205를 참 좋아한다. 히히!

206 넌 왜 그렇게 그 쓸데없는 이야기에 집착하는 거냐?

205 알면?! 너도 한 번 써보게?

206 맞을래?

205 있잖아 206! 지금이야 내가 이 이야기를 써가고 있지만 혹시나 너가 이걸 받게 된다면.

206 바로 버려 버릴 건데.

205 그래도. 꾹 참고. 한 번만 써봐 너 이야기.

206 내 이야기….

205 그래 너 이야기….

206 205….

206 206….

206 닥치고 잠이나 자.

205 그래!! 너도 잘 자!!

206 이 자식은 왜 이 쓸데없는 이야기를 쓰는 걸까. 이야기의 첫 줄. "나랑 악수할래?" 쳐내!!!

사이.

장도 205가 쓰는 이야기. 왠지 익숙한 이유는 뭘까?

필 심장박동… 파도소리….

장도　분명 그 이야기 속 주인공은.
필　바다를 가고 싶어 했어.
장도　그때 문득.
필　문득?
장도　어릴 적에. 할아버지랑 같이 가 본 것 같아.
필　바다를 가서 뭘 했는데?
장도　그게… 분명히 바닷가에서 뭔가… 이러… 이렇게 저렇게 하다가… 나한테 나한테 무슨 말씀을 하셨던 것 같은데.
필　고장나버린 장도…?
장도　그게 기억이 안 나.
206/장도　그러니까 나는 무언가를 잘 기억하지도 감각하지도 느끼지도 못한다.

기계부품이 돌아가는 기계 위에 선 206.

206　기계부품이 쉴 새 없이 돌아간다. '여기에다가 머리통을 집어넣으면 산산조각이 나서 죽음…?'
죽음　기억나?

심장박동, 파도소리.

206　불쾌한 기억. 쳐내.
죽음　기억해내 봐.
206　이 기억은 도대체 뭘까. 왜 자꾸 쳐내지지 않고 내 머릿속에서 빙빙 도는 걸까. 205는 왜 이 기억을 포근하다고 하는 걸까. 분명 내 기억이 아닌 것 같은 불쾌한 감각이 들지만 어째서 익숙한 걸까. 205가 남기고 있는 쓸데없는 이야기.

심장박동 파도소리. 바다를 가고 싶어 한다는 주인공. 도무지 알 수가 없다.

죽음 그게 기억해내고 있는 거야!!

206 죽음. 넌 도대체 뭐냐?

죽음 기억을 꺼내와 주는 존재. 너 같은 길치들을 도와주는 존재. 그리고 죽음은 언제나 갑작스럽게!!

장도 그래서, 그 다음은?

필 군수공장의 화재.

장도 화재?

필 모두가 자고 있을 때. 일본순사들이 순식간에. 불을 지르고 도망쳤어.

장도 필의 이야기에는 일본군의 악행이 담겨있었다.

필 機械部品に火をつけろ！(기계부품에 불을 질러라!!/기까이브 헤인니 헤이찌께로!!)

폭발하는 소리.

1945.08.15. 일본의 패전. 군수공장의 화재 / 필, 일본장교가 되어 라이터를 던진다.

공장에서 누군가 '불이야!'라며 소리친다. 공장 사람들이 튀어나와 양동이에 물을 받아 화재 진압을 위해 분주히 움직인다. 하지만, 불길은 더욱 거세지고 사람들은 도망치기 시작한다.

206 연기가 사방을 뒤덮는다. 사람들이 미친 듯이 도망치기 시작한다. 기계가 폭발하고 불길은 점점 군수공장을 먹어 치우기 시작한다. 뜨겁다. 살이 익는 냄새. 드디어 죽는 건가. '죽음이 눈에 들어온다.' 이봐 죽음. 이제 내 차례인가 봐.

이제 그만 날 데려가.

죽음 오늘은 아니야.

205가 죽던 그날의 기억.

205 좋은 아침이야.

206 쉴 새 없이 돌아가는 기계부품 사이에.

205 일어나보니 이 모양이네.

206 다리가 끼어버린 205.

205 다리가 안 움직여. 살아야만 하는데.

206 아무래도 어려워 보여. 너 죽어가고 있으니까.

205 그런가?

천장이 무너지기 시작한다.

205 어기영차. 어기영차. 어기영차. (머리말에 노트를 둔다)

206 반쯤 뭉개진 다리를 들썩들썩 뭐하는 거야?

205 살고 싶어서.

천장이 무너지기 시작한다.

205 뭐하는 거야?

206 곧 있으면 천장이 무너질 거야. 너도 죽고. 나도 죽고. 잘됐네. 어차피 살아가야 할 이유 따위 없었으니까.

205 죽으려고 하는 아이가.

206 살고자 하는 아이와.

205/206 마주선다. (죽음. 띵)

205 그래도 살아야지.

206 그래 봤자 사람은 죽는다.

205 너가 들려준 그 포근한 기억.

206 참, 불쾌한 기억. 쓸데없는 이야기.

205 그래도 기억할 수 있는 이야기.

206 그런다고 달라지는 건 없어. (띵)

205 도망쳐.

206 싫어.

205 도망쳐.

206 싫어.

205 살아야지.

206 죽어야지.

205 있잖아.

206 없잖아.

205 있잖아 206. 살아서 더 많이 생각하고, 더 많이 물어봐야지. 더 많이 경험하고, 더 많이 알아가고. 친구도 만들고, 가족도 만들고.

206 없잖아.

205 아니야 너한테도 분명 있어. 너라면 이 이야기를 마무리 지을 수 있을 거야.
자 이제 진짜 안녕.

죽음 205의 머릿속에 주마등이 스친다!

필 무너지는 천장 더미에 깔려 205는 죽음을 맞이한다.

205의 위로 화재로 무너지던 공장의 천장이 덮친다.

장도 죽음이라는 거. 뭘까.

필 순식간… 같은 거 아닐까.

장도 205의 죽음을 겪은 206. 어떤 기분이었을까. 당황했을까. 슬퍼했을까 아니면. 부러워했을까.

기억들 잘 가!

205 잘 있어!!

필 그냥 날 꽉 쥐고 있었어.

장도 죽음은 곧 순식간…. (띵!)

죽음 장도! 오랜 기간의 여정. 꽤나 허탈했던 때의 기억!

2022년 '장춘' 할아버지의 장례식 현장.

장도 할아버지는 순식간에. 죽음을 맞이하셨다.

필 장도야!! 큰아부지 왔다!!

장도 안 계셔.

필 장도야!! 큰이모 왔다!!

장도 안 계셔.

필 사촌! 사돈의 팔촌!! 장모!! 장인!! 가까운 혈육이라도 좋으니까!! 장도야!! 내가 왔다!!

장도 아니. 그 누구도 없었다. 장례식을 지키는 사람은. 나 하나뿐이었다.

필 쓸쓸하셨겠다.

장도 나는 입양아였거든. 피 한 방울 섞이지 않은. 그렇게 몇몇의 상조회사 직원들만이 오간다.

기억 장춘 씨와는 가족이었나요?

장도 가족이 뭔데요?

기억 피가 섞이면. 가족이죠!

장도 그럼 아닌 것 같아요 가족.

필 조문. 발인.

장도 순식간에 할아버지는 하얀 가루가 되어있었다. 그렇게 집으로 돌아가는 길.

2022년 '장춘' 할아버지와 집으로 돌아가는 길.

기억 터벅. 터벅. 터벅. 터벅. 터벅.

장도 터벅. 다녀왔습니다.

필 장도. 슬퍼했었어?

장도 아니. 안 슬퍼. 하나도.

필 아닌 것 같은데.

장도 그렇게 텅 빈 집에서 짐정리를 하다. (띵!)

사이.

장도 기억났다.

필 뭐가??

장도, 할아버지의 유품 박스를 뒤적거린다.

필 뭘 찾는 거야??

장도, 할아버지의 아깃적 사진을 찾는다. 파도소리.

장도 할아버지의 유품 상자에서 발견한.

필 장도의 아깃적… 사진 한 장. 어쩜 이렇게 생겼지?

장도 바닷가에서. 가만히 서 있는 나를.

필 할아버지가 찍어주신 건가??

장도 그런 것 같은데….

필 이걸 여태까지 가지고 계셔다는 거는 할아버지한테도 꽤나 소중한 기억이셨나 보네!

장도 환하게 웃고 있는 할아버지. 왜인지 낯설다. 분명 그때 바닷가에서 무슨 이야기를 해주셨던 것 같은데….

필 어때?? 좀 기억이 나?!

장도 아니. 그런데. 왜 206의 이야기를 들으면 그때의 기억이 떠오르는 걸까.

필 그럼 주저할 이유가 뭐가 있어?

쿵 소리 들려오기 시작한다.

필 들려줄게.

1945.08.15.

※ 8월 15일 광복 날. 일본 일왕의 항복 선언이 이어졌지만 당일에는 광복인 줄 몰랐던 사람들이 가득했다. 이유인즉슨, 일본인조차 알아듣기 힘든 일본말과 애매한 문구로 가득한 선언이었기 때문이다. 실제로 8월 15일의 거리는 적막함이 맴돌았다.

4장 - 길거리

장도 1945년 8월 15일!

필 호외요! 호외요!! 만세삼창!!!

기억 대한 독립 만세!! 만세!! 만세!!!

206 수많은 만세 소리가 들리던 날. 205는 죽었다.

죽음 너라면 이 이야기를 마무리 지을 수 있을 거야!!

206 개소리.

1945년 어느 겨울.

장도 이번 기억은 언제야?

필 시간은 또 훌쩍 지나 어느새 겨울! 205의 죽음 이후.

206 이 쓸데없는 이야기를 떠안은 채.

필 매일 같이 그 아이 주머니에서 하염없이 떠돌았어!

장도 어느 날은.

필 남의 집 처마 밑에서!

장도 어느 날은.

필 무너져버린 폐건물 속에서.

장도 어느 날은.

필 그냥 길거리에서! 잠을 자게 된다!

206 불쾌하다. 205는 죽으면서까지 나에게 이 쓸모없는 것들을 떠넘겼다. 쓸모없는 이야기와 이 쓸모없는 만년필 한 자루를 가지고 내가 태어났을 때처럼 세상에 버려졌다. 205가 죽은 그날 이후.

206/죽음 205가 남긴 기억들이 머릿속을 떠다닌다!

파도소리, 심장박동 소리, 기억들 206의 기억 속으로 들어온다.

기억 바다를 한 번도 가본 적 없는 주인공의 이야기!

206 불쾌하다.

기억 매일같이 떠오르는 그 포근한 기억!

206 불쾌한 기억.

기억 죽어도 기억할 수 있는 이야기!

206 쓸모없는 이야기.

필 넌 어떤 기억들을, 이야기들을 새길 거야! 말만 해! 뭐든 새겨줄게 그러니까….

기억 마무리! 지어줘! 마무리! 지어줘! 마무리! 지어줘!!

206 전부 내 머릿속에서 나가!!!

흩어지는 기억들.

206 뭘 써야할지 뭘 적어나가야 할지 도통 모르겠다. 205는 내 머릿속을 떠나지 않는다. 죽어서도!!

죽음 너라면 이 이야기를 마무리 지을 수 있을 거야!!

206 그래. 내가 지어줄게 결말! 이 주인공은 결국 죽는다!

죽음 기각!!

206 죽는다… 죽는다… 죽는다… 죽는다….

필 장도. 너라면 재를 이해할 수 있을까.

장도 이상할 건 없다고 보는데.

필 너가 쓴 이야기들도 그랬잖아. 전부 죽는 결말.

장도 그렇지.

필 어떤 이유가 있는 거야?

장도 딱히… 살아야 할 이유가 없으니까. 어차피 사람은 다….

206/장도 죽는다! 땅!!

206 쳐내!! 이만큼이면 할 만큼 했다고 생각한다! 아쉬워 마라! 205가 떠넘긴 이 쓸모없는 이야기와 쓸모없는 만년필을 그

만 버려야겠다!!!

필 바로 그 순간에!!

아기 울음소리가 들려온다.

필 206은 응애를 발견!

장도 응애?

필 길가에 놓여있는 갓난아기! 206이 날 버리려던 그 순간에 말이야!

206 응애응애!!!! 가볍다, 하찮다, 이상한 냄새가 난다. 꼬물거린다. 물컹하다. (아기를 든다) 넌 또 뭐냐?

죽음 차갑다.

206 차갑다?

죽음 너도 이랬던 때가 있었는데. 기억 안 나?

206 그때의 기억이라곤 쓰레기장에 버려진 기억뿐.

죽음 정말 버려졌다고 생각해?

206 당연하지. 내 부모는 날 낳자마자 죽었고 날 세상에 버렸다.

죽음 정말 그럴까?

206 마치 툭 치면 금방이라도 부서져 버릴 것처럼, 마치 툭 치면 금방이라도 죽어버릴 것처럼. 얕은 숨을 뱉어댄다.

필 바로 그 순간에!! 응애가 손을 내민다.

죽음 죽음의 순간! 갓난아기의 머릿속에 주마등이…!

206 응애가 나의 손을 잡는다.

심장박동. 점점 빨라지면서.

죽음 따듯하다.

206 따듯하다? 손을 뺀다. 이상하다. 불쾌하다.
죽음 손 잡아달라고 하는 것 같은데?
206 싫다. 안 된다.
죽음 그럼 금세 다시 차가워질 거야.
206 까다롭다. 이거라도 잡고 있는다.

206, 주머니에서 만년필을 꺼내 아기의 손에 쥐어준다.
사이. 206 아기를 데려간다.
빨라지는 심장박동 소리

죽음 어떻게 할 거야?
206 모르겠어.
죽음 너답지 않네.
206 나다운 게 뭔데?
죽음 그건 니 몫이야.
206 분명 차가웠는데
죽음 금세 따듯해졌다.
206 순식간에.
죽음 순식간에.
206 심장박동이.
죽음 빨라진다.
206 심장박동이.
죽음 빨라진다.
필 순식간이었어. 죽어가던 갓난아이가, 206의 손을 잡더니!!
금세 살아난 거지.
장도 거짓말.
필 진짜야. 나를 쥐고 있던 아기의 손끝에서 전해졌어.

장도 불쾌하다.

필 부러운 건 아니고?

장도 모르겠어.

죽음 평생 느껴보지 못한 살아있다는 감각. 손이 맞닿으며 느껴지는 따듯한 온기!!

사이.

206 감히 나에게 이런 모욕감을!!

필 순간! 206의 머릿속에 든 생각!

206 이 불쾌한 덩어리를!! 갑자기 살아난 이 덩어리를!! 아무 집에나 떠넘겨야겠다.

기억 가자!!

206 게 아무도 없냐!!

기억 없어요!! 가자!!

206 게 아무도 없냐!!

기억 없어요!!

206 이 집 저 집, 문을 두드려봐도 누구도 받아주지 않는다. 게 아무도 없냐!!

기억 없어요!!

애기 웃음소리.

206 쳐내. 마치 금방이라도 식어버릴 것 같던 것이 순식간에 살아났다. 불쾌한 기억이 떠오른다!! 분명 곧 죽을 것 같던 것이!!!

파도소리.

죽음 기억나!!

206 이 불쾌한 기억이 또 다시 내 머릿속을!!

죽음 물속에서 떠다니던 때의 기억!!

애기 울음소리 더 크게 들려온다.

206 그러니까 분명 이 불쾌한 애기가 나한테 악수를 청했다!

죽음 맞아!! 너가 세상을 향해.

206 세상을 향해.

죽음 악수를 청한 것처럼!!!!

206 악수를 청한 것처럼.

빠른 심장박동.

206 멈춰. 멈춰. 멈춰. 멈춰.

호두 따릉따릉! 따릉따릉!! 오오오오!! 멈춰유!!!!!!!

죽음 우연을 가장한 필연적인 만남!!!

5장 - 상회

1946년. '만물상회'에서의 기억.

장도 만물상회?

잡/사 가자가자 하십니다!! 물건 사세요!!

마마 미군기지에서 갓 들어온 군복 있슴다!!

심지/태산 통조림!! 옷감!! 전투식량 있어요!!

잡/사 자! 쌉니다 싸요!!!

필 206의 새로운 터전! 무너진 군수공장 주위로 미군기지가 들어서다! 만물상회는 바로 옆에 위치해있어.

장도 시간 참 빠르네.

죽음 기억이라는 건 순식간이니까!

상회사람들, 바쁘게 물건을 정리하거나 물건을 판다.
시끌벅적한 분위기 속에서 호두와 206 들어온다.

206/호두 우오오오!! 멈춰!!!!!!

잡화점 사람들, 달려오는 호두와 206을 멈춰 세운다.

태산 대낮부터 이게 무슨 짓이야!!

마마 다 죽일 작정이야?

심지 일단 이것 좀 놓고 얘기하죠.

가까스로 멈춰 세운다.

죽음 안녕.

호두 누구세요?

죽음 죽음!

호두 나 방금 죽을 뻔했슈…!

마마 바른대로 설명해!

호두 배달 무사히 마치고 다시 오는데! 요 앞에서 갑자기 쾅하고 부딪혔슈!!

심지 자전거가 완전히 개박살이 났네요!

태산 뭐라?!

호두 갑자기 앞을 가로 막았다니까유!!

태산 조심하라고 했잖아!

마마 그러게 속도조절기 달라고 하지 않았든!

호두 맞아유! 아저씨 탓이유!!

태산 속도는 포기 못해!! 내 새끼 살려내!!

마마 배달을 보냈는데 이상한 아를 데리고 오면 우째?!

호두 나가 데리고 싶어서 온 게 아니라니께유!!

206 불쾌하다. 여전히. 이 응애는 내 손을 놓고 있지 않다. 이상한 표정을 지어보인다. 입꼬리가 올라가 있… 다.

심지 아기네요?

마마 여자앤가??

호두 엄청 쬐끄매요!

마마 남사애네!

호두 어디 잘 사는 집 애긴가 봐요!

심지 비싼 원단이네요.

태산 여자애건 남자애건!! 잘살건 말건!! 내 자전거 어쩔 거야!!

마마 시끄러워!

호두 애기 자잖아유!!

마마 고놈 이쁘게도 생겼네.

호두 뭐 동생이라도 되는가 봐유?

206 아니! 길거리에서 주워 왔다!

태산 예의는 밥 말아 처먹었냐!

206 예의?

마마 집은?

206 집…?

심지 가족은?

206 가족…?

호두 형제는유?

206 형제…?

잡/사 이름은!

206 206이올시다!

여러 대의 트럭 차 소리가 들려온다.

필 미군기지에서 물자들이 도착한다!!

잡/사 가자가자 하십니다!! 어기영-차!!

태산 부지런히 옮겨!!

호두 가유!!

잡/사 어기영-차!! 어기영-차!! 어기영-차!!

206 그날 저녁.

잡/사 하!

206 옆방에서는 나와 이 갓난아기의 처분에 대한 논의를 한다.

호두 아무리 그래도 내보낸다니요!

태산 우리 먹고 살기도 바쁜데 누가 누굴 챙겨!

호두 아저씨는 쓰레기여유!

마마 태산 말도 틀린 거는 아니야.

호두 그래도 너무 불쌍하잖어유!!

태산 목소리 좀 낮춰 이놈아!!

마마 나가 있어 너!!

심지 박학다식한 제 생각엔 말이죠!

잡/사　수근수근! 수근수근! 아하! 아동보호시설!

206　너나 나나, 세상에 버려진 신세는 별반 다를 게 없네.

호두　괜찮아유?

206　여기 원래 누가 살던 방인가 봐?

호두　동이라고 하는 녀석인데. 집 나갔슈. 지 동생 찾겠다구. 어른들 말로는 이미 요단강 건넜을 거라는디….

206　짜증나게 왜 질질 짜고 난리야.

호두　통성명도 제대로 못했네! 난 호두여! 영어 이름은 캐쉬넛! 돈을 많이 벌자는 뜻이지! 캐쉬캐쉬넛!

206　요단강 건넌다는 건 뭐지?

마마　죽었다는 뜻이라. 내일 같이 갈 데가 있으니 우선 잠이나 자라.

사이.

남겨진 206과 아기.

206　다음날.

마마　기상!

잡/사　가자가자 하십니다!

마마　아동보호시설이면 그 아기 잘 하믄 부모도 찾을 수 있을 기다. 작별인사 하라.

206　작별인사… 너랑 내가 인사까지 할 사이일까. 어차피 말도 못하는데. 아무것도 기억하지 못할 텐데.

마마　이제 이리 줘라.

206　당연한 거지. 너랑 나는 아무 사이도 아니니까.

필　그렇게 갓난아기를 넘기는 그 순간에!

206　아기가 울기 시작한다.

잡/사　아이구… 이를 어째??

206　아기는 울면서 계속해서 나에게 악수를 청한다!!

잡/사　뭐… 뭐라도 좀 해봐~~~

206　난 너가 원하는 걸 해줄 수가 없어. 더 이상 잡아줄 수가 없어. 난 널 책임질 수 없어. 그만 울어!

태산　뭐라도 좀 쥐어줘 봐!

206　순간… (주머니에서 만년필을 꺼내며) 아기에게 이 만년필을 보여주자.

필　내가 내 입으로 이 비극적인 순간을 말해야 한다니.

206　아이가 손을 뻗더니 만년필의.

206/필　뚜껑을 가져간다.

장도　생각보다 허무하네.

필　그 이후로 다시는 만나지 못한 내 뚜껑. 지금쯤 어디 있을라나….

206　그렇게 응애는 내 손을 떠났다.

사이.

잡/사　꼭 부모를 찾길 바란다. 어이구 어이구 어이구.

206　왜 그렇게까지 손을 뻗었을까.

마마　그 아가 네가 마음에 들었나 보다.

206　마음에 들면 손을 뻗는 건가?

마마　그렇다기보다는 증거지. 살아있다는 증거.

206　살아있다는 증거? 손을 뻗는다… 아 모르겠다

마마　너 모성이 뭔지 아나?

206　모성?

마마　죽을 만큼 사랑한다는 말. 눈에 넣어도 아프지 않다는 말.

206 사람이 어떻게 눈에 들어갑니까.

마마 그만큼. 사랑한다는 뜻인 기라. 내 오마이도 날 길거리에서 낳았다.

206 아줌마마는 자신의 어릴 적 이야기를 들려준다.

마마 아기를 가지고 낳는다는 건 그만큼의 사랑이 있다는 기다.

206 그렇지만 난 쓰레기장에 버려졌다.

마마 니 오마이. 그래도 끝까지 널 포기하지 않았던 게 아니겠나?

206 끝까지. 포기하지 않는다….

마마 니 보아하니 군수공장 출신 같은데! 어디 갈 데 없으면! 여기서 생활하면서 일이나 돕는 거 어떻겠냐?

206 뭘 하면 되는데?

마마 됩니까?

206 됩니까…?

필 그렇게 206은 만물상회의 일원으로써 살아가게 된다!

잡/사 하!

장도 다들 열심이네.

필 해방 이후에는 흩어진 사람들끼리 뭉쳐서 아득바득! 살아냈거든.

206 그렇게 며칠간 만물상회의 일을 배운다.

심/태 기본적인 물자 정리부터 시작해서.

잡/사 하!

마마 식사당번과 청소당번.

잡/사 하!

태/호 그리고 동네 전체를 오가는 배달업무까지.

호두	이오!!!!!! (헌 책 꾸러미를 들고 들어온다)
호두	짜잔!! 내가 뭘 들고 왔는지 좀 보세유!
206	호두의 손에는 헌 책 꾸러미가 들려있다?
심지	갖가지 고전소설부터.
태산	희노애락애오욕?
마마	근디 이건 왜 들고 온겨?
호두	우리 206이가 이야기를 쓴다 안케유!!
잡/사	이야기?
206	쓸데없는 이야기.
잡/사	나랑 악수할래?
206	쳐내!
잡/사	바다를 가고 싶어했던 주인공.
206	이야기는 부모도 형제도 없는 고아인 주인공으로부터 시작된다.
잡/사	주인공은 당당하게 세상을 향해 악수를 청한다!
마마	쓰레기장에서 태어난 주인공.
호두	어머니의 뱃속에 있었을 때의.
태산	포근한 기억을 떠올린다!
심지	주인공은 숱한 시련과 주변인의 죽음을 겪지만!
잡/사	계속해서 바다로 향한다.
206	참 쓸데없는 이야기.
잡/사	기억할 수 있는 이야기!
206	왜인지 자기들이 더 신나서 읽어나가기 시작한다.
호두	아야 근데 이건 누가 써준 거냐?
206	죽은 녀석이 남긴 거다. 이것들. 그런데 도통 뭘 적어야 할지 모르겠다.
마마	참 좋은 친구를 뒀네.

206 참 귀찮은 녀석이었다.

심지 뭐부터 적을지 너무 부담가지지 말고 그냥 너가 기억나는 것들을 나열해봐.

206 기억나는 것들?

심지 글이어도 좋고. 그림이어도 좋고. 문장이 아니라 단어여도 좋으니까.

호두 좋네유! 내친김에 우리 이야기 써주는 거 어때유!!

206 내가 당신들 이야기를?

태산 흥! 내 이야기 감당할 수 있겠냐?

마마 폼 잡기는!

호두 태산 아저씨 술 취해서 바지에 똥 지린 거 써줘유!!

마마 그거 좋네!!

태산 닥쳐!!

심지 그래 좋네! 당장 생각나는 게 없으면 주변으로부터 시작하는 것도 나쁘지 않지!

호두 내가 먼저 쓸래유!!

잡화점 사람들. 206의 노트를 뺏어 자기들끼리 경쟁한다!!

206 205! 보고 있냐!! 너가 남긴 참상이다!!

심지 그 친구가 널 정말 좋아하긴 했나보다!

206 쓸데없이 졸졸 따라다니긴 했지.

심지 흠… 그럼 이건 어때?

심지, 서랍에서 자신의 옛 작가노트를 꺼낸다.

206 이게 뭡니까?

심지　내가 예전에 쓰던 소설인데… 아아 별 건 아니고… 하하하….

잡/사　오오…!! 남녀의 사랑! 오오! 심지…!!!

206　이봐 심지…! 이 이야기 정말…!

잡/사/206　구려.

시간이 흐른다.

206　아무리 읽어봐도…!!! 모르겠다!

호두　어때유! 좀 쓸 만해유?

206　되겠냐?

호두　우이잉….

206　호두 녀석은 얼마 전부터 쓰레기 소각장으로 일을 나간다.

호두　그러니까. 니 친구가 거기서 죽었다고잉?

206　군수공장은 어느새 쓰레기 소각장이 되어있었다.

호두　그럼 한 번 가보는 건유! 혹시 알어유! 거기 가면 친구와의 추억이 떠오를지도 모르는디!

206　추억 같은 거 안 키워. 그리고 죽은 자는 말이 없다. 205는 왜 나에게 이것들을 떠넘긴 걸까. 205가 죽은 지도 꽤나 오랜 시간이 지났지만 여전히. 이야기의 행방을 알 수가 없다.

띵!

206　잠시. 멈춰.

호두　잉? 갈 마음이 생긴겨?!

206　거기 소각하는 곳이라 그랬지…?

호두　그런디유?

206　그래. 205. (심지가 건네준 책을 던진다) 이 정도면 할 만큼 했다고 생각한다! 너가 짐짝처럼 남긴 이 물건들을 불에 활활 태우러 가야겠어!! 하하!! 그래 그게 좋겠다!!

호두　이이잉? 그게 아닌디!!

206　빨리 가기나 해. 이랴!!

필　죽은 205의 곡소리가 들리는 듯하다!!

장도　무슨 기분인지 알 것 같아.

필　?

장도　나도 그랬거든. 어느 순간부터… 그냥 아무것도 적을 수가 없게 되었으니까.

호두　도착했슈!!

쓰레기 소각장.

소각장에서 일하는 인부들이 쓰레기를 연신 옮겨대고 있다.

호두　쓰레기를 소각하라!

206　불길이 쓰레기를 태운다.

기계가 화염을 내뿜는다. 206, 우두커니 불길을 바라본다. 띵!

206　그날도 불길이 참 거셌다. 205는 불길 속에서 죽어갔는데.

기계 속에서 205의 모습이 보이는 듯하다. 죽음과 205의 합작!

205　안녕! 오랜만이네. 여전히 헤매고 있구나!

206　205는 분명 죽었는데.

205　언젠가의 기억인 거지!

206 죽어서까지 훈수라니.
205 기억나? 바다를 가고 싶어했던 주인공.
206 질리도록. 그래서 이제는 버리려고 했는데.
205 있잖아 206!
206 없잖아….
205 너만의 방식대로 써봐!
206 나만의 방…식?
205 알고 싶지 않아?! 그 불쾌한 기억이 뭐였는지…!
206 나랑… 악수할래…?

필 그때! 갑자기 206이 무엇인가에 홀린 듯이! 불길 속으로!
장도 불길 속으로?
필 악수를 청한다!!

206, 불길 속으로 손을 넣어본다.

206 안녕. 안녕. 안녕.
호두 잉!!이!!! (뭐하는 거여!!)

필 진짜 죽는 줄 알았다.
장도 그래서 이렇게 그을린 흔적이 있는 거구나.
필 아야!!
206 아야!!!!!

206과 호두 부리나케 만물상회로 향한다. 잡화점 사람들 폭주하는 206을 잡아 세우기 위해 애쓰지만 통하지 않는다.

마마 집안 살림 다 거덜나겠네!!
호두 뭐라도 좀 해봐유!!
잡/사 제발 좀 멈춰!!!!
206 싫어.

태산과 206 마주본다.

태산 내 저놈 언젠가 사고칠 줄 알았지!!
206 으으으….
태/206 으아!!!! (부딪힌다)
태산 어….
죽음 안녕!
태산 누구… 세요?
죽음 난 죽음!
태산 아….
206 죽은 건가….

심장박동, 파도소리. 띵!

206 이봐 죽음. 때 분명히.
죽음 너가 세상을 향해 악수를 청했고.
206 내가 태어났지. 맞아 쓰레기장에서.
죽음 맞아 쓰레기장에서!!
206 이건 도대체 무슨 기억일까.
죽음 거의 다 왔어!! 조금만 더 기억해봐!!!
206/죽음 나랑 악수할래?
206 그렇지만 분명히 기억나는 한 가지. (띵) 그 누구도. 나의 손

을 잡아주지 않았다.

잠에서 깨는 태산과 206.

206　꼬박 이틀을 누워있었다고 한다.
심지　헤이헤이!!
태산　죽다 살아났네!!
206　죽다… 살아나다….

필　그때부터였어!!
206　쓰레기장에서 죽어가던 엄마와의 기억. 군수공장에서 죽어가던 아이들. 다양한 숫자들. 화재, 무너지는 천장 속에서 죽어가던 205. 길거리에서 굶어죽고, 병에 걸려 죽어갔던 사람들.
필　아이는 수없이 많이 거쳐왔던 죽음들을 기록하기 시작한다.
장도　분명 아무것도 적지 못했었던 아이가.
필　갑자기 미친듯이!
장도　자신의 이야기를….
필/장　적어나가기 시작한다.
장도　불쾌하다. 이상하다.
필　그래 206!! 너도 쓸 수 있는 아이였어! 너도 가능성이 있는 아이였어!!!
206　으아아!!!
필　라고 생각했는데….
206　인간은 모두 태어나고 죽는다.
필　삶을 긍정하는 줄 알았는데….
206　죽는다는 결론. 그건 명백한 명제다! 어떤 이야기를 원하느

냐!! 전부 다 죽여주마!!

필 기억할 수 있는 이야….

206 전부 다 죽어버리는 이야기!!

필 조금이라도 현실을 긍정하는 줄 알았는데….

206 이봐 205!! 기대해!! 내가 이 주인공의 완벽한 죽음을 만들어줄 테다!! 분명히 기억났거든 그때!!! (띵!) 내가 세상에 태어나고 옆에서 나의 엄마가 죽어갈 때 그 누구도 나의 손을 잡아주지 않았던 기억이…!!

호두 그… 그래도 건강해보여서 다행이네유….

심지 내가 책을 괜히 준 건가…?

206 이봐 당신들!! 당신들 이야기 적어줄게!! 어떻게 죽여줄까!! 전부 다 죽여주마!!

장도 그래도 저게 어디야. 이야기라도 써나간다는 게.

필 장도. 넌 왜 안 쓰게 된 거야?

장도 안 쓰는 게 아니라. 못 쓰는 거야. 할아버지의 죽음 이후. 왜인지 더 이상 글을 쓸 수 없게 되었다. 아무리 두드려봐도. 두드려봐도. 아무것도 찾아오지를 않았거든.

죽음 장도! 오랜 기간의 여정. 그 여정의 초입에 있었던 꽤나 밝았을 때의 기억! 띵

2018년의 과거. 장도의 작가 동아리 모임.

죽음 나는 동아리선배 주현!

필 나는 동아리선배 해준! 주현 해준 장도! 우리는 하루 종일! 이야기를 쓴다!!

죽/필/장 와하하!! 와하하!! 와하하하!!….

장도 나한테 이런 기억이 있었나….

사이.

장도 와하하하!!

죽음 안녕!

필 너 누구였더라!

죽음 나는 죽음!

필 맞다 죽음! 이게 어찌된 일이야!!

죽음 여긴 장-도의 꽁꽁 숨겨놨던!! 행복했던 기억. 꺼내오느라고 힘들었어!

필 내가 뭘 어떻게 하면 되는데!

죽음 지금 장도에게는 필!이 필요하다!

필 느낌적인 느낌?

죽음 그렇지! 장도와 필! 장도의 행복했던 기억 속으로 들어간다!

장도 와하하!! 주현 선배는 안 가신데요?

필 어 죽음은 바쁘데.

장도 죽음?

필 아아아니 주현이 주현이!! 얼른 들어가 이 짜식아!

2018년의 과거. 어느 포장마차.

장도 이모! 여기 소주 한 병이요!

기억 니가 꺼내 처먹어!

장도 예이예!

필 오늘은 글 좀 써졌나보네.

장도 네. 요즘 쓰고 있는 게 있는데, 로맨틱 코미디! 그러니까 무슨 내용이냐면!

필 장도의 기억. 장도는 한때 작가를 꿈꿨나보다. 웃을 줄도 아는 놈이었네.

필 구려 이 새꺄!

장도와 필 밤새도록 술을 퍼마신다!

필 요즘 할아버지랑 사이는 좀 어떠냐?

장도 사이! 사이?! 암말도 안하지 여전히. 그런데!

필 장도 스스로의 이야기들. 가족과 관련한, 친구와 관련한, 그리고.

장도 형!! 할아버지 말이야. 우리 할아버지 진짜 좋으신 분이다.

필 알지! 그럼.

장도 있잖아. 내가 들려줬었나!! 그날.

필 장도는 할아버지가 자신을 데리러 와주셨다고 한 날에 대한 이야기를.

장도 엄… 청! 희미하다. 사실 잘 기억도 안 나는데 그때 분명히.

필 수없이 많은 이야기를. 꼬마였던 한없이 작고 나약한 장도를.

장도 날 번쩍 드시고는!!

필 너가!! 장도구나!!!!

장도 네!!!! 내가!!!! 장도에요!!!! 고맙습니다. 고맙습니다. 고맙습니다.

필 물론 한없이 어린 장도는 멀뚱멀뚱 서 있었지만.

장도 분명히… 뭔가… 웃고 계셨던 것 같은데… 그게 잘 기억이 안 나네.

필 갖가지 표정을 지어보이며. 갖가지 감정을 내비쳐 보이며.

장도 그래서 한 번 써보려고!! 할아버지 이야기. 이야기로라도 남겨드려야 마음이 좀 편할 것 같아서. 있잖아요 형. 우리 할아버지요 진짜 힘들게 사셨대요. 전쟁통에 부모님도 여의시고! 혼자서 사업하시고 에! 애들 키우시고. 근데 다 죽고. 내가 진짜 어릴 때, 기억이 있어요 기억이!

필 기억….

장도 분명히 나한테 얘기 해주셨어요.

2023년 현재. 장도와 필.

필 장도. 일어났어?

장도 불쾌한 기억이. 스쳐간 것 같은데.

필 그렇다기엔 너 굉장히 웃고 있었는데!

장도 거짓말하지 마.

필 인정하고 싶지 않은 건 아니고?

장도 206 말이야. 뭐가 저렇게 신이 나서. 이야기를 써대는 걸까. 뭐가 저렇게 자신 있어서. 왜… 저 아이의 이야기를 들으면 할아버지의 기억이 떠오르는 걸까.

필 들려줄게.

6장 - 동이 / 세 번째 기억

1947년 어느 겨울 동이와의 기억

마마 기상!

잡/사 가자 가자 하십니다!

206 힘찬 기합소리와 함께 잡화점의 하루가 시작된다.

206, 신문을 핀다.

206 미군정, 친일경찰을 기용하다.
태산 뭐라!!
206 지방 곳곳에서 총파업 폭동이 잇달아 발생…?
태산 폭동이 아니라 정당한 항쟁이지!
필 미소군정 친일경찰 물러가라!!
장도 광복 이후 꽤나 많은 시간이 지났지만.
필 여전히 남아있는 과거의 잔재랄까. 그러나 저러나.
장도 206은 계속해서.
206 죽어나가는 이야기를 써내려간다!
호두 어때유? 잘 써지고 있어유?
206 만물상회 사람들의 이야기도 하나둘씩 이 안에 채워졌다. 상회 사람들은 매일 같이 자신들의 과거 이야기들을 보고 또 본다. 질리지도 않나.
마마 이상하게 너가 쓴 이야기만 보면.
호두 막 옛날 생각이 나구 그래유!
심지 태산이 똥 싼 이야기도 추가됐네!
태산 이건 빼라니까!
206 꽤나 많이도 채웠지만 여전히. 명쾌한 죽음이 떠오르지를 않는다. 여전히 불쾌하다. 이봐 태산아재! 더 들려줄 만한 이야기 없어?!
태산 똥 지린 이야기나 빼!
206 그게 묘민데.
태산 야! 그럼 이건 어떠냐?
206 태산아재는 동이라는 녀석의 이야기를 들려준다.
태산 성격도 너랑 비슷해. 동이 그 녀석.

206 주먹이 참 맵다고 한다?

태산 죽은 지 동생 찾겠다고 나갔다! 멍청한 자식.

206 문득! 이미 죽어버렸을 동생에 연연하는 동이 녀석의 이야기를 담아봐야겠다는 생각이 든다. 어쩌면… 죽어버리는 이야기에 또 다른 해답을 줄 수 있지 않을까…!

호두 괜히 얘기해준 거 아니에유?

심지 뭔 일 날 것 같은데

태산 냅둬! 매운 맛 좀 보라지!

잡/사 으이구!

206 그날 이후 매일같이 길거리로 나가 동이 녀석을 찾기 시작한다. 유동동! 유동동!!!

동이 너 방금 뭐라고 그랬어!

206 유동이!

동이 너! 유동이를 알아?? (전단지를 준다)

206 이게 너 동생 유동이? 정말 못 그렸네.

동이 알아? 몰라?!

206 누군지 몰라 난. 만물상회 태산아재한테 들었다. 너가 동이냐?

동이 하… 시벌 갈 길 가라. 난 또 누구라고.

206 저기 말이야. 내가 모두! 죽어버리는 이야기를 쓰고 있는 중인데. 좀 들려주라! 죽어버린 니 동생 유동이 이야기! 아 유동이가 아니고 무동이인가? 있을 유! 말고! 없을 무! 무동! 무동동! 무동동!!

장도 내가 뭔가 잘못 들은 게 아니지?

필 안타깝지만 모두 사실이야.

장도 그래서 어떻게 됐는데?

필　　어떻게 되긴.

동이, 206의 멱살을 잡는다.

동이　그 말 당장 취소해.
206　하지만 사실이잖아.
동이　니가 진짜 미친 거지?
206　니가 진짜 미친 거지?
동이　이 새끼가. 따라하지 마.
206　이 새끼가. 따라하지 마.
동이　허! 허어!!
206　좀 들려주라! 무동이 이야기!!
동이　너는 이야기 말고. 한 번 죽어봐야겠다!
206　그래 어디 한 번 죽어보자!!
죽음　어둠!
206　오랜만이다.
죽음　오랜만은! 항상 너 곁에 있었는데.
206　이야기 쓴다는 게 이렇게 어려운 일인 건가?
죽음　많이 돌아가고는 있지만!
206　돌아간다…?
죽음　세상에 쉬운 게 어디 있겠어!
동이　으어!!!
필　　어우 속이 다 시원하네!
206　너 주먹이 참 맵구나.
동이　으어!!!!!!
필　　동이가 세계관 최강자거였거든! 그 206조차도 어쩌지 못한 매운 주먹의 동이!

206 다녀… 왔… 다….
마마 너 얼굴이 왜 그래?

206, 그날 동이를 만났던 이야기를 들려줬다.

기억들 와하하하!
마마 그래서 맵든?
206 뭐가요?
마마 동이 주먹.
206 맵던데요.
마마 그래도 건강히 살아있나 보네.
태산 그놈이 곧 죽을 놈은 아니지.

206, 그날 저녁. 동이 녀석의 얼굴을 노트에 그려봤다.

필 코피 떨어지는데….
206 무엇이 그 아이를 그렇게 화나게 만든 걸까.
필 누가 봐도 너 때문인데…
206 만물상회 사람들은 동이가 싫지는 않아 보였다. 무동이 이야기! 반드시 들어야만 하는데.
호두 그만하지 그려.
206 뭐가?
호두 동이 그만 자극혀. 고 놈은 그냥 산짐승이여!
마마 왜 그렇게 동이한테 집착하는 거지비?
206 죽어버리는 이야기를 위하여!
태산 냅둬, 저러다 포기하겠지.
심지 접근하는 방식이 잘못됐어!

206 어찌해야 하는데.

심지 우선은 사과부터 해야지. 동이의 아픈 구석을 건드리지 말고. 뭘 뱉어야 될지 모르겠으면 그냥 이렇게. 눈 부릅뜨고! 진정성을 보여주면 돼. 내가 지금 너한테 공감하고 있다! 난 널 도와주러 온 거다!

마마 동이, 가가 그래도 마음이 약하다.

호두 맞아유.

마마 유동이 얘기 들어보니까네 이미 살기는 글렀던데. 마음 아파도 어쩌겠나!

심지 너가 원하는 걸 말하기 전에 우선 상대방에게 시간을 줘야지.

206 우선은 사과부터….

장도 왜 저렇게 유동이 이야기에 집착하는 거야?

필 누구나 다 그렇잖아! 너가 할아버지 이야기에 집착하는 것처럼?

장도 꼭 사람처럼 이야기하네.

206 진정성. 그날 이후 나는 매일 같이.

동이 꺼져.

206 동이를 따라다녔다.

동이 꺼지라고.

206 너무 빠르지 않게.

동이 제발 좀 꺼져.

206 나 오늘은 정말 진정성 있어.

동이 야 이 개새끼야!!

206 미안. 무동이라고 한 거 사과할게. 너가 그렇게까지 화가 날

줄 몰랐다.

동이 너. 뭐 어디 이상한 새끼냐?

206 그런 소리 자주 들어.

동이 어이. 알겠으니까 이만 꺼져. 너랑 더 볼 일 없어. 한 번만 더 눈에 띄면 죽여버린다.

동이, 전단지를 들고 지나가는 행인들에게 유동이 전단지를 보여준다. 206, 멀뚱히 바라보다가 떨어진 전단지를 주워 동이의 행동을 따라 해 본다.

사이.

동이 야 이 개새끼야. 너 나 놀리냐?

206 잔뜩 꺾여있는 눈썹.

동이 시벌 너도 만물상회 사람들처럼 유동이가 죽었다고 생각하지?

206 잔뜩 화가 나 보였다.

동이 다시 눈에 띄면 죽여 버린다고 했지? 이 개새끼야!!!

206 내가 많이 몰라서. (집중) 이봐. 나도 왜 그런지는 모르겠는데. 해봐야 알겠더라고. 나라고 뭐 좋아서 하는 것도 아니지만!

동이 뭐냐 이건? (집중)

206 내가 요즘 쓰고 있는 이야긴데. 쳐내! 고 싶은 기억이 자꾸 떠올라서.

동이 죄다 죽는 결말?

206 맞아. 어차피 사람은 다 죽으니까. 모두가 다 죽어버리는 이야기를 쓰고 있다! 동이는 어느 샌가 205가 적고 내가 써

내려가고 있는 이 쓸데없는 이야기를 읽어보기 시작한다.

동이 만물상회 사람들?

206 맞아. 그 사람들이 너 얘기도 하던데. 동이 그 녀석! 주먹이 참 매워. 동이는 산짐승이여! 동이 동생 유동이! 아마 요단강을 건넜을 기다!!

동이 그럴 줄 알았다.

206 그래도. 그. 그… 그… 걱정!!! 이라는 거 하던데. 쓸데없는 이야기에 적혀있는 쓸데없는 만물상회 사람들의 이야기.

동이 태산아재 똥 지린 거는 어떻게 썼냐.

206 동이는 피식대며 한 장 한 장 종이를 넘겨본다. 만물상회 사람들처럼, 왜 저렇게 저 이야기를 좋아하는 걸까. 질리지도 않나.

동이 조오오온나게!! 질린다 이 개새끼야.

206 욕을 한다. 화가 난 건가?

동이, 206에게 전단지를 나눠준다.

사이.

동이 뭐 하나만 물어보자. 넌 왜 유동이 이야기를 듣고 싶은 건데.

206 다른 뜻은 없어. 그냥 알고 싶거든! 죽음을 대하는 너의 자세…? 들려줄 거야?!

동이 전단지나 돌려 이 새끼야!!!

206 그렇게 그날은 동이와 함께 하루종일 전단지를 돌린다.

동/206 유동이를 아시나요!! 유동이를 아시나요!! 유동이를!! 아시나요!!!!

206 돌아가고 싶지는 않아? 널 싫어하는 것 같지는 않던데. 말없이 떠나가는 동이. 잘가라 이 개새끼야! 내 입꼬리가. 살

짝 움직이는 것 같은 느낌이었다.

죽음 축하해!!

206 쳐내! 쳐내!!

동이 떠나간다. 206, 잡화점으로 돌아간다.

장도 206. 애가 많이 순해졌네.

필 나름의 감화 과정인 거지. 너도 나중에 애 키울 때 명심해. 환경이 중요하다!

장도 꼭 인간처럼 말하네.

206 그날. 205가 말해줬던 기억처럼.

필 무작정 따라해 봤던 그 행동들을.

206 그 표정들을 기록해봤다. 이번에는 동이가 아닌.

필 정확히는 본인의 얼굴을 그려본다.

206 처음이었다. 표정이라는 거. 다음 날. 동이가 찾아왔다.

동이 다녀왔습니다.

사이.

마마 아새끼, 씻고는 다녔냐!!

호두 냄새나유!!

태산 개뿔 밥이나 처먹어.

206 저질스럽게 욕을 뱉어대던 동이도 이내 고개를 숙였다.

동이 여전히 맛없네. 아줌마 음식은.

206 그건 나도 동의해.

마마 주는 대로 처먹어!

206 그뿐이었다.

잡/사 잘 먹겠습니다!

7장 - 죽음. 떠나가는 발걸음

1948년 어느 봄

206, 신문을 핀다.

206 지방 곳곳에서 공장 화재… 총파업이 잇달아 발생…?

태산 세상이 점점 미쳐 돌아가네.

마마 점점 복잡해져가.

심지 호두, 소각장 그만 나가는 게 어때?

마마 그래! 그만 나가라.

호두 싫어유. 돈 벌어야 돼유!

206 신문에는 알 수 없는 말들 투성이었다.
갖가지 사고들, 죽어가는 사람들.
사실 정확히 왜인지는 그 누구도 잘 몰랐다.

마마 니들도 밤늦게 다니지 말고, 퍼뜩 들어와!

동이 걱정 말어! 어이 호두! 06! 준비했냐!

호두 난 일하러 가유!!

동이 아 저 일중독자 새끼!!

206 얼마 전 동이가 극장으로 가는 개구멍을 발견했는데.

동이 어우씨 기대돼.

206 자꾸 쓸데없는 영화를 보러 가자고 난리다.

동이 퍼뜩 준비해! 시벌시벌!

206 동이는 긴장하면 욕을 툭툭 뱉어댔다.

동이 태산 아저씨 코트 가져왔어?
206 여기.
동이 에이씨! 쩐내. 야 빨리 따라 들어와!
필 장도. 너는 영화 같은 거 안 좋아해?
장도 그닥. 좋아하진 않는데.
필 넌 어쩌다 그렇게 감수성이 메마르게 된 걸까?
장도 사는데 딱히 불편한 건 없어. 아니 오히려 더 좋은 부분이 많은 것 같은데. 딱히 마음 쓰지 않아도 되고 딱히… 크게 노력하지 않아도 되니까.
필 왜 그렇게 생각하는데?
장도 그럴 필요가 없다고… 생각하니까.

1948년 극장에서의 기억
고전 영화 한 편이 상영되는 극장 안. 동이와 206 몰래 숨어들어 영화를 본다. 무너진 극장에 도착한 장도. 뒷부분이 불타버린 필름을 영사기에 넣고, 오래 전의 영화를 틀어본다.

206 동이를 따라 들어간 곳에는 자그마한 극장이 있었다.
장도 화면 안에서는 무성영화가 상영되었는데.
동이 오우!! 야!! 시작한다!!!
206 바닷가에서 미친 듯이 뛰어 놀고 있는 사람들이 보인다.
장도 분명 할아버지가 돌아가시기 전에….
죽음 장도! 할아버지와 바닷가에서 자전거를 탔던 기억!!
필 장도야!!!!
장도 할아버지!!!
필 장도야!!

아주 어릴 적 바닷가 장도의 기억. 뱃속에서 206의 기억이 섞이기 시작한다.

206 화면 안에서는 마냥 입꼬리를 잔뜩 올린 사람들이 뛰어놀고 있다. 분명 나는 바다를 한 번도 가본 적이 없는데.

파도소리 점차 커진다.

206 물속을 떠다녔던 그 불쾌한 기억이.
장도 할아버지와 함께 했던 바닷가에서의 기억이.
206/장도 떠오르기 시작한다!!

206, 장도, 기억들 어울려 놀기 시작한다.

죽음/필 너네들! 이렇게 해맑게 웃을 줄도 아는 놈들이었네!!

사이.

206 무언가 굉장히 불쾌한 기억이.
장도 스쳐지나간 것 같은데.
206 저 사람들은 뭐가 저렇게 행복한 걸까.
장도 분명 나는 아무것도 느끼지 못하고.
206 아무것도 기억하지 못할 텐데. 왜 자꾸만.
장도 할아버지와의 기억이.
206 쳐내지지 않는 그 불쾌한 기억이.
206/장도 떠오르는 걸까. 이상하다. 눈가에 무엇인가가. 습기가 찬 것처럼 일렁인다.

동이 야 끝났다! 튀자 얼른!

장도 생각해보니까 그 이후로 한번도 바다를 가 본 적이 없는 것 같아.

필 할아버지에 대해서는 아무것도 기억하지 못하는 것 같더니. 이봐 죽음. 장도가 이 이야기를 다 듣고 나서 어떤 선택을 하게 될까.

죽음 그건 장도의 몫이야.

필 두려운 건가.

죽음 꽤나 인간처럼 말하네.

장도 206말이야. 행복했던 기억이… 가득해보여.

죽음 마냥 그렇지도 않아.

호두 쓰레기를 소각하라!!! 쓰레기를 소각하라!!! 쓰레기를 소각하라!!!

1948년 소각장 화재의 기억.

206 최근 들어 알게 모르게 공장 곳곳에서 화재가 발생했다.

필 대부분의 사람들이 공장에서 일하다가 다치거나.
기계가 망가져서 폭발이 일어나거나. 갖가지 이유들로
영문도 모른 채 죽어가는 경우가 많았어.

206 한 시간 뒤.

마마 다녀왔어.

206 두 시간 뒤.

태산/심지 다녀왔어

206 세 시간, 네 시간, 다섯 시간, 여섯 시간, 일곱 시간.

돌아오지 않는 호두.

폭발하는 소리 들려온다.

206 태산. 심지. 마마가 분주하게 움직이기 시작하더니.
마마 잠깐 나갔다 올 테니까네. 여기 꼭 붙들고 있어라.
206 얼굴이 창백해져 있다.
206 여덟. 아홉. 열. 열한 시간.
206 동이와 함께 만물상회에 덩그러니. 아무도 돌아오지 않는다.
동이 야. 나가보자.
206 분명 나가지 말라고 그랬는데.
동이 시벌. 언제는 말 들었다고.

기계가 쾅하고 터지는 소리, 도망치는 발걸음 소리, 호루라기 소리 들려온다.

206 사람들이 연신 거리로 나오기 시작한다.
동이 야 저기….
206 저기는 분명히.
동이 소각장이 불타고 있어.
206 소각장이 불타고 있다. 안에서는 태산과 심지 마마가 연신 호두를 찾고 있다. 이상하다. 분명 이런 적이 있었던 것 같은데.
동이 너 여기 있어!
206 동이도 소각장 안쪽으로 들어간다!

죽음, 소각장 안으로 들어간다.

206 이번에도 누가 죽는 건가. 이봐 죽음. 넌 어디 가?

죽음 일하러 가.

사이.

소각장 안에서는 잡화점 사람들이 호두를 분주히 찾기 시작한다.

태산 호두야!!

심지 호두야!!!!

마마 호두야!!

심지 대답 좀 해봐!!

태산 호두야!!

동이 호두야!!!!!

태산 오지 말라니까!!

심지 호두야!!!

태산 먼저 나가!!!!

심지 호두야!!

심지 너네 얼른 나가!!

동이 호두야!!!

마마, 206을 부여잡고 소각장 밖으로 나간다. 어둠이 깔리고, 시간이 훌쩍 지난다. 긴- 사이.

206 하얀 재가, 떠다닌다. 무너져 앉았다.

마마 거기 있으라니까.

206 허탈한 표정의 마마. 입꼬리가 많이 내려가 있다.

마마 다 죽었어….

206 다 죽었어…?

마마 다 사라졌어….

206 다 사라졌어…?

공장의 관리인이 문을 닫는다.

관리인 어휴 이거 연기 좀 봐. 어이! 여기 빨리 좀 치워!

206 다 죽었구나. 다 사라졌구나. 이봐 죽음. 넌 도대체 뭐야?

죽음 언제나 순식간.

관리인 툭하면 무너지고 툭하면 죽고… 에잉 쯧쯧.

206 저기요. 다 죽었대요.

관리인 거 이보시오! 얼른 시체나 치워주오! 불길하게끔. 공장인부들이야 구하면 되는 거고. 저거 다시 지으려면 다 얼마냐….

206 호두를 아시나요?

관리인 아 그 봉급 밀린 머슴 같던 놈?

206 죽었어요. 나머지도 전부 다 저 안에서.

관리인 아 그거 말고 여기 시체 먼저 치워달라고요!! 여기 액운 끼면 책임질 거야?!

사이. 206, 천천히 걸어가 만년필로 관리인을 찌른다.

206 푹. 푹. 푸욱.
하고 찔러버렸다. 미안합니다. 그래도 되는 줄 알았어요.

마마, 206에게 다가가 만년필을 빼앗는다.
피가 묻은 206의 손을 연신 닦아준다.

마마 내가 찔렀다!!! 내가 찔렀다!! 내가 찔렀다!!

필 순식간에 몸을 파고들었어. 멎어가는 심장박동. 죽는다는 거 이런 거구나.

206 죽음이라는 거 이런 거구나.

마마 니 모성애가 뭔지는 아나?

206 아닌데 내가 찔렀는데 분명.

마마 우리는 가족인가?

206 가족이 뭔데?

마마, 연행되어 끌려간다.

8장 – 심문

1948년 겨울

심문인 이름.

206 마마의 사진을 들이민다.

심문인 이들과는 어떤 관계였지?

206 태산. 동이. 심지… 호두의 사진. 소각장에서 일하던 사람들의 사진을 전부 다 들이민다.

전부 다 죽었다.

심문인 어떤 이유로 공장에 불을 지른 건지 알고 있나?

206 분명 공장 기계가 고장났다고 했는데.

심문인 묻는 말에나 대답해.

206 아무것도 모르는 사람들이었다. 호두는 개처럼 일하다 죽었다. 나머지도 전부. 호두를 찾다가 그 화재 속에서.

심문인 그 사람들과의 관계는 어떠했지?

206 관계.

심문인 가족이었나?

206 가족은 뭘까?

심문인 피를 나누면 가족이지.

206 그럼. (사이) 아닌 것 같다. 가족.

206, 잡화점 사람들의 사진과 물건을 끌어안는다.

필 이때 기억만 하면 유독.

장도 유독.

필 마음이 좀 그렇네.

206 나는 무언가를 잘 느끼지 못한다. 무언가를 잘 기억하지 못한다.
간혹 기억나는 것들이 생기더라도 점으로만 찍힐 뿐.
이어지기도 전에 금세 사라진다… 분명 그랬는데.

206 전부 다 죽었어.

장도 다 죽었네.

206 전부 다 사라졌어.

장도 다 사라졌네.

206 이제는 뭘 더 적어야 하는지
뭘 더 기록해야하는지 모르겠다.
어쩌면 내 인생은 텅 빈 백지다.

아무것도 남은 게 없다.
난 뭘 찾고 싶었던 걸까.

죽음/필 있잖아
206 없잖아!!
죽음/필 있잖아!!
206 없잖아!!
죽음/필 있잖아!!

205 있잖아! 이 이야기 어떤 것 같아!

206, 천천히 책을 핀다. 205가 적어가던 이야기부터 자신이 적어 내려갔던 이야기를 차례차례 보기 시작한다. 206이 스쳐 지나갔던 기억들이 재현되기 시작한다.

205 어디 보자.
206 뭐하는 거야?
205 너가 남긴 것들 구경 좀 해보려고.
206 쓸데없어.
205 그런 것치고는 꽤나 많이 남겨놨네?
206 205. 너도. 마마도 태산도 심지도 호두도 동이도. 내가 스쳐 왔던 것들 전부 다 죽었어.
죽음 맞아. 다 죽었지.
죽음/205 그리고 이제는 기억으로 남아있는 거지.
205 이건 뭐야!
필 장도! 기억나?
206 길거리에서 주웠던 갓난아기.

장도 차가웠다가!

206 금세 살아난 그 응애자식.

장도 분명 그 갓난아기가.

206 죽기 직전에.

장도 너에게.

206 나에게.

장도/206 악수를 청해왔다.

장도 왜 하필 악수였을까.

필/죽음 악수는 곧 믿음이자 온기. 그리고 마음.

장도 할아버지를 살게 해주었다는 이 고철덩어리에 담긴 할아버지와 206의 기억들.

필 있잖아 장도. 너가 들려준 할아버지의 기억들.
그 기억들 엄청 따듯했어.

긴- 사이.

1930년 누군가의 탄생의 순간.

죽음 여기 곧 태어나기 직전의 응애가 있다! 준비됐어!!

206 응. 준비됐어.

사이.

죽음 응애!!! 문에게 악수를 청한다!

206/죽음/필/기억 나랑 악수할래!!

장도 그 말을 했던 주인공은 분명

기억 잘가!!

206 잘 있어!!

장도 　바다를 가고 싶어했다.

죽음/필 　장도! 나머지는 너의 몫이야! 잘 부탁해!!

기억 　안녕!!!

9장 – 바다

파도소리, 멀리서 들려오는 전쟁소리.

1951년 어느 바닷가.

장도 　나랑!!! 악수할래!!!

206 　넌 또 뭐냐?

장도 　장도. 오랜 기간의 여정.

206 　장도?

장도 　얘는 장춘. 내 할아버지. 기억나?

206 　가볍다. 하찮다. 이상한 냄새가 난다. 꼬물거린다. 물컹하다… 어? 너는 그때.

장도 　맞아 너가 길거리에서 만난 그 갓난아기.

206 　알고 있네?

장도 　알고 있어. 쭉 지켜봐 왔거든.

파도소리.

장도 　예전에 할아버지랑 여길 와본 적 있어. 너무 어렸을 때라 잘 기억은 안 나는데.

206 　너 입꼬리가 잔뜩 올라가 있다.

장도 이젠 기억이 나서.
206 무슨 기억?
장도 분명히 그때. 바닷가에서!!
206 장춘아!! 내가 이야기 하나 들려줄게!!!
장도 206은 할아버지에게
할아버지는 나에게
기억을 찾아가는 한 아이의 이야기를 들려줬었다.

파도소리.

장도 있잖아. 돌아가 보고 싶지는 않아?
206 언제로?
장도 과거의 어느 날로.
206 난 안 돌아가. (사이) 그래도, 누군가 그러더라. 이 이야기들이 마냥 쓸모없는 것만은 아니라고. 기억할 수 있다고.
장도 그래서 나 한번 써보려고. 제대로 한번 써보려고. 너 이야기, 할아버지 이야기, 내 이야기. 그리고 그 이야기의 제목은.
장도 206.
기억 참 먼 길을 돌아왔구나!!
206 장도.

막.

작가의 말 / 김승철

우리는 살아가는 동안 수많은 죽음을 마주합니다. 그리고 그 죽음은 각자마다 다른 의미를 가지죠. 누군가는 흘려보내고, 누군가는 끊임없이 꺼내옵니다. 이 이야기는 죽음을 기억하고자 하는 이야깁니다. 과거의 인물과 현재의 인물이 끊임없이 교차하면서 말이죠. 다른 시대를 살아갔던 둘이지만, 죽음과 기억이라는 이야기 속에 함께 존재하고 있는 두 인물의 이야기를 지켜봐주세요.

목 뒤의 뾸

극작 : 김희경

등장인물

소년
소녀

1장

소녀 뿔. (허공을 가리킨다) 저 사슴의 머리에 달린 뿔은 늘 나를 숨 막히게 만들었다.

소녀 아버지가 잡아 온 사슴은 머리를 잘리고, 약품에 절여지고, 유리로 된 의안이 박아 넣어졌다. 그 과정 중에서도 아버지가 가장 공을 들였던 부분은 뿔이었다. 내가 그 완벽하게 보존된 뿔을 살짝이라도 건들라치면,

소녀 죄송해요 아버지.

소녀 나는 아버지 몰래 밤마다 나를 내려다보는 사슴의 머리를 매만지며, 스스로를 숨 막히게 만들곤 했다.

소녀 그날은 아버지가 처음으로 나를 데리고 숲으로 간 날이었다.

소녀 그는 내 손에 총을 쥐어주고, 숨을 꾹 참게 하고, 방아쇠를 당기게 했다.

총소리.

소녀 죽어버린 사슴을 가지고 집에 돌아온 그날 밤. 목 뒤가 이상했다.

소녀가 목 뒤를 매만진다.

소녀 목 뒤에 툭하고 불거져 나온 무언가. 뿔이었다.

소년 잘못했어요. 잘못했어요. 잘못했어요. 모르겠다. 얼마나, 언제부터인지도 알 수 없다. 한 번, 두 번, 세 번, 네 번, 다

셋 번이 넘어갔던 그날부터 나는 세는 걸 포기했다. 그가 손가락의 반지를 빼고 허리춤에 있는 벨트를 풀어 다가올 때면, 나는 눈을 감고 계속해서 같은 말을 반복한다. '잘못했어요.'

그를 피해 집을 나가봤자 나를 기다리는 것은 동네 애들의 괴롭힘뿐이다. 동네 애들이 나를 부르는 명칭은 다양했다. 호모, 겁쟁이, 계집애, 병신… 돌을 쥐어주며 다친 다람쥐를 죽여보라고 권한 것을 내가 거절했기 때문인지, 내 손을 잡아오는 같은 반 여자애의 팔을 쳐냈기 때문이었는지는 잘 기억나지 않는다. 어쨌든 애들은 나를 그렇게 불렀다

소녀 아버지와 숲으로 가는 날들이 많아질 때마다, 내가 죽이는 사슴의 숫자가 많아질 때마다, 뿔의 크기는 점점 커져갔다. 매일 아침마다 화장실에서 뿔이 얼마나 커졌는지 가늠해본다. 아무리 힘을 주어 뿔을 뽑아내려 해도.

소녀가 뿔을 뽑아내려 애쓴다. 실패한다.

소녀 결과는 고통뿐이다.

소녀가 어깨와 등을 구부려 눕는다.

소년 나는 뜨거운 물로 피부가 벌겋게 달아오를 때까지 온몸을 문질러댄다. 나를 때리며 내 몸에 닿았던 그의 손이, 거스름돈을 건네주며 닿았던 식료품점 아주머니의 손길이 더없이 불쾌했다.

소녀 아버지는 내가 혼자 집 밖으로 나가는 것을 싫어했다. 그래서 나는 그가 집을 비우길 기다렸다가, 몰래 혼자 숲 속

을 달린다. 목적지도 없이, 더 이상 다리가 움직이지 않을 때까지.

소년 내가 유일한 안식을 얻는 곳은 숲이었다. 그리고 사슴들. 잘 지냈어?

소녀가 달리는 것을 멈추고 숨을 고른다.

소녀 어. 나뭇가지가 움직이는 것이 내 시야에 걸린다.

소녀가 소년을 향해 다가간다.
그건 나뭇가지 따위가 아닌, 아주 길고 곧게 뻗은 사슴의 뿔이었다.
소년이 소녀를 발견하고 깜짝 놀란다. 얼어붙는다.

소녀 살아있는 사슴을 이렇게 가까이서 본 것은 처음이다.

소녀가 사슴을 향해 손을 뻗는다.

소녀 따뜻했다.

소년이 정신을 차리고 소녀에게 다가간다.

소년 뿔?

소녀가 소년의 말에 놀라 고개를 든다. 황급히 머리를 풀어 뿔을 가린다.

소년 안녕.

소녀 안녕.

소년 이게 우리의 첫 만남이었다.

2장

소녀 같이 사냥에 나가자는 아버지의 말에 속이 좋지 않다는 핑계를 댔다. 내 말이 사실인지 아닌지 가늠하듯 내 얼굴을 가만히 살펴보는 그의 시야에 입 안이 말라간다. 그가 총을 들고 숲으로 향하는 모습을 창문을 통해 지켜봤다. 오늘도 그 애가 있을까?

소년 오늘은 아침 일찍 일어나 집 구석구석을 청소하고 빨래를 했다. 그에게 어떤 트집도 잡히지 않기 위해 땀을 뻘뻘 흘리며 몇 시간을 보낸 후에야 나는 밖으로 나갈 수 있는 자유를 얻을 수 있었다. 오늘도 그 애가 올까?

소년 안녕.

소녀 안녕.

소녀 아프겠다.

소년이 황급히 소매를 내려 멍 자국을 가린다.

소년 저번에 넘어져서… 사슴, 너 사슴 좋아하지?

소녀 아마도.

소년 아마도?

소녀 좋아해.

소년 어제 걔 말고 다른 애들도 있어 가볼래?

소녀가 고개를 끄덕인다.

소년 따라와.

소녀 곧, 몇 마리의 사슴들이 풀을 뜯고 있는 광경이 눈에 들어온다.

소년 여기야. 여기 앉으면 돼.

소녀 고마워.

소녀 어제 본 개도 있네.

소년 바로 알아보네. 맞아. 애들이 네가 마음에 드나봐. 여기 앉으면 돼.

소녀 나무 등치에 앉아 사슴들을 바라보고 있던 우리에게, 배가 잔뜩 부풀은 암사슴 한마리가 다가왔다. 나는 그의 머리를 조심스럽게 쓰다듬는다.

소년 곧 있으면 새끼 낳을 애야. 사과를 좋아해서 내가 가끔 챙겨와서 줘. 네가 줘 볼래?

소녀 응.

사과를 건네주다 손이 닿는다. 소년이 황급히 손을 빼낸다. 사과가 땅으로 떨어진다.

소년 미안.

소녀 괜찮아.

소녀가 땅에 떨어진 사과를 주워들고 사슴에게 건네준다.

소년 넌 어디 살아? 동네에서 본 적이 없는 것 같아서.

소녀 숲에 살아.

소년 숲 어디?

소녀 그냥 숲 속에. 아빠랑 둘이.

소년 주변에 다른 사람들은 없어?

소녀 없어.

소년 그럼 매일 주로 뭐해?

소녀 무슨 말을 해야 할까. 또래는커녕, 아버지를 제외한 다른 사람들이랑 대화도 제대로 해본 적 없는 나도 이 애에게는 사슴 사냥을 하러 간다고 말하면 안 된다는 것을 알았다. … 달리기.

소년 달리기?

소녀 가끔 집 밖으로 나가서 달려.

소년 어디로?

소녀 그냥. 숲 속 아무 데나 얘네들은 원래 낯을 안 가려?

소년 아니, 원래 엄청 가리는데.

소녀 근데 나한테는 왜 이러지?

소년 … 너한테 뿔이 있어서일지도 몰라

소녀 … 봤어?

소년 응. 어제. 머리 묶고 있었으니까.

소녀 한번 볼래?

소녀가 머리카락을 들어올려 목을 드러낸다.

소년 우와….

소녀 안 이상해?

소년 이상하다기보다는 신기해. 이것 때문에 사슴들이 널 좋아하나 봐.

3장

소녀 우리는 거의 매일 만났다. 나의 아버지가 밖으로 나가지 않는 날이나,

소년 내가 온종일 두들겨 맞는 날을 제외하고.

소녀 우리는 함께 사슴들을 돌보며 숲 속에서 시간을 보냈다.

소년 요즘 우리의 관심사는 세 가지였다. 암사슴이 과연 언제 새끼를 낳을 것이냐, 새끼의 이름은 뭘로 지어줄 것인가.

소녀 그리고 내 뿔은 대체 무엇인가. 나는 가끔씩 집에서 사과를 챙겨가 임신한 그 사슴에게 건네주곤 했다.

소년 뿔이 점점 커진다고?

소녀 응.

소년 뿔이 처음 생긴 게 언젠데?

소녀 '내 손으로 처음 사슴을 죽였을 때'라고 말할 수는 없었다. 그냥 아침에 일어나보니까 생겨있었어

소년 가끔 아무런 이유 없이 뭔가가 일어날 때가 있으니까. 우리 부모님만 봐도 아무런 이유 없이 날 때리잖아.

소녀 어쩐지 아이의 머리를 쓰다듬어 주고 싶었지만, 꾹 참았다. 그 애는 누군가의 손이 닿는 걸 극도로 싫어했으니까.

소년 나는 사슴의 머리에 손을 올려놓는다.

소녀 나는 아이의 손에 닿지 않게 조심하며 사슴의 등을 쓰다듬는다.

소녀 이제 아빠 올 시간 됐다.

소년 벌써 시간이 이렇게 됐네. 조심히 들어가 안녕.

소녀 아버지가 집에 돌아오면, 우리는 함께 사냥에 나선다. 총을 어깨에 메고, 사냥용 칼을 집어들고서.

사슴탈을 쓴 소년에게 소녀가 총을 겨냥한다.

총소리.

소년 안녕.

소녀 죽어버린 사슴을 가지고 집에 돌아오면 벽에 걸린 사슴 박제된 머리가 나를 맞이한다. 목 뒤가 욱신거린다.

4장

소년 뭐가 좋을까? 크리스토퍼?

소녀 ….

소년 춘삼이는?

소녀 ….

소년 뭐가 좋겠냐니까?

소녀 어? 어… 어 잘, 잘 모르겠어.

소년 음… 나도 모르겠다.

소년이 풀밭 위에 벌러덩 눕는다.

소녀 계속해서 어제 죽였던 사슴의 눈망울이 떠오른다.

소년 천천히 짓자. 태어나고 나서 지어도 되니까.

소녀 미소 짓는 아이의 모습에 나 자신이 역겨워졌다.

소년 어디 아픈 건 아니지? 오늘 엄청 피곤해 보이는데.

소녀 아냐. 그런 건 아니고… 뿔 때문에 잠을 잘 못 잤어.

소년 더 커졌어?

소녀 응. 훨씬.

소년 봐도 돼?

소녀 여기.

소년 그때보다 훨씬 더 커졌네.

소녀 응.

소년 한번 만져봐도 돼?

소녀 만질 수 있어?

소년 뿔이니까… 괜찮지 않을까?

소녀 그럼 한번 만져봐.

소년이 조심스러운 손길로 소녀의 뿔을 매만진다.

소년 사슴 같다.

소녀 나는 생각한다. 아버지에게 더 이상 사슴 사냥을 하지 않겠다 말하리라고.

소년과 소녀의 눈이 마주친다. 소년이 벌떡 일어난다.

소년 이제 나 집에 가봐야겠다. 이따가 시간되면 다시 올게.

소녀 응. 안녕.

소년 안녕.

소녀 집에 돌아온 아버지의 기분이 오늘따라 좋지 않아보였다. 표정을 찌푸리던 아버지는 곧 총과 사냥용 칼을 집어 들고는 함께 사냥을 나가자고 말했다. 오늘 같은 날 아버지에게 거역하는 것은 그리 옳은 선택은 아니었다. 그래, 오늘까지만….

소년 집으로 돌아가 온갖 심부름과 잡일을 하고 난 뒤, 부엌에서 사과 3개를 몰래 집어 들고 다시 숲으로 향했다.

소녀 아버지가 내게 속삭인다. '쏴라'. 나는 숨을 한껏 들이킨다. 방아쇠에 손가락을 걸고 사슴을 향해 조준한다.

소년과 소녀의 눈이 마주친다.
총소리, 삐이 소리.

소년 나는 그대로 뒤돌아 숲을 나왔다.

소녀 빗나간 총알에 아버지가 화를 냈다. 그러나 화난 아버지의 목소리도 내 귀에는 잘 들어오지 않았다. 집에 어떻게 돌아왔는지 제대로 기억나지 않는다. 그저 내 손엔 아버지가 잡은 사슴 한 마리가 쥐어져 있었을 뿐이다. 나는 계속해서 멍한 상태로 아버지가 시키는 대로 했다. 사슴의 머리를 자르는 것을 돕고, 창고에서 약품을 가져와 사슴의 머리가 들은 커다란 통에 부었다. 일을 끝마치고, 만족스러운 얼굴을 한 아버지가 내 머리를 쓰다듬는다. 역겨울 정도로 다정한 손길이었다.

소년 어떤 생각으로 집에 돌아왔을까. 나는 뜨거운 물을 틀고 내 손과 온몸을 문질러댄다. 손바닥의 피부가 벗겨지고 피가 배어나올 때까지. 욕실에 오래 있지 말라며 소리를 지르는 부모님에게 나도 모르게 말대꾸를 했다. 흠씬 두들겨 맞고 있노라니 아무런 생각도 들지 않았다. 오늘은 절대 그들에게 잘못했다고 빌지 않으리라. 소녀 아버지가 집을 나가자마자 나는 그곳으로 향한다. 해가 지고 아버지가 돌아올 시간이 될 때까지도 그 애는 오지 않는다.

소년 오늘은 숲에 가지 않았다. 곧 태어날 새끼의 이름을 짓기 위해 함께 머리를 맞댔던 일도 꿈처럼 느껴졌다.

소녀 문득, 그 애가 전과 같은 눈으로는 나를 봐주지 않을 거란 생각에 무서워진다. 나는 이제 다시는 그곳에 가지 않기로 마음먹는다. 나는 다시 전처럼 지냈다. 아버지가 시키는 대로 총을 쥐어 사슴을 쏘았고, 그를 도와 사슴의 머리를 잘랐다. 뿔은 점점 더 커졌고, 내 머리를 더욱 세게 조여댔다.

소년 대체 왜 그랬을까. 그 뿔도 사슴을 죽여서 생긴 걸까? 이유를 묻고 싶었다.

소녀 오늘은 특별한 사슴을 잡을 거라며 총을 쥐어주는 아버지의 얼굴이 조금 신나보였다. 대체 어떤 사슴이길래 이러는 건지. 대단한 뿔을 가지고 있는 사슴이라도 발견했나보다. 아버지가 평소와는 다른 길로 나를 데려갔다. 내게는 아주 익숙한 길이었다. 아버지가 우리가 함께 보살피던 임신한 그 사슴을 가리킨다.

소녀 제가, 제가 잡게 해주세요. 아버지. 제가 잡아보고 싶어요. 나는 방아쇠에 손가락을 밀어 넣는다. 방아쇠를 당기라는 아버지의 말에 눈을 꾹 감는다. 그리고 나는 총을 올려 허공을 향해.

총소리.

소녀 아버지가 나를 밀치고 총을 주워 도망가는 사슴을 향해 뛴다.

소녀가 벌떡 일어나 아버지를 쫓아간다.
주위를 두리번거리며 아버지를 찾는다.
소년이 총소리를 듣고 달리기 시작한다.

소년 우리가 돌보던 사슴을 향해 총을 조준하고 있는 한 남자.
소녀 이 순간 내가 할 수 있는 건 소리를 지르기 위해 입을 벌리는 것뿐이다.

소년이 소녀의 아버지에게 달려든다. 아버지가 소년에게 폭력을 휘두른다. 소년이 힘없이 맞는다.

소녀 땅에 넘어진 아버지는 벌떡 일어나 아이에게 주먹을 휘두르기 시작한다. 아이의 몸이 힘없이 흔들린다.
소년 남자가 내 몸을 발로 짓밟아댄다.
소녀 나는 아버지를 향해 달린다.
소년 흐릿해지는 시야 사이로 그 애가 달려오는 것이 보인다.
소녀 나는 아버지 옆에 떨어진 총을 집는다.
소년 그 애가 땅에 떨어진 총을 집어올린다.
소녀 그를 향해 총구를 조준한다. 그리고 숨을 꾹 참아내고,

총소리.
소년 위로 핏물이 쏟아진다. 소년이 고개를 들어 소녀를 본다.
소년과 소녀가 서로를 쳐다본다.
소녀가 자신의 목 뒤를 매만진다.

소녀 목 뒤의 뿔은 이제 없다.

작가의 말 / 김희경

누구나 각자의 뾸을 가지고 있습니다. 어떤 이는 뾸을 꾹꾹 눌러 숨기기도 하고, 어떤 이는 잔뜩 자라버린 뾸을 드러내기도 합니다. 저는 뾸을 없애고 싶었습니다. 뿌리 깊숙하게 자라버린 뾸을 잘라내고 뽑아버리고 싶었습니다. 〈목 뒤의 뾸〉은 뾸을 없애고 싶었지만, 결국 실패했던 저를 위해 쓴 글입니다. 뾸을 가지고 있는 누군가에게 이 글이 자그마한 위로가 되길 바랍니다.

변신

극작 : 장산

등장인물

그레고르	정재욱
그레테	윤나정
잠자씨	장신희
잠자부인	전유하
지배인 외	이가빈
하숙인 외	김정주

작/연출	장산
지도교수	박선희
조연출	이윤선
드라마트루그	이어진
무대감독	김은우
무대조감독	유선오
안무	오하솜
음악	우희태 김민채
영상	이가홍 이윤선 김진경 최소영
조명	윤재이 김은우
음향	김환희
음향어시	김세린
기획	정은하
분장	조효정

0장. 불안한 꿈

#1. 하우스 오픈

V. 타이틀
M.
Brian Culbertson – It's Time
Brian Culbertson Always Remember live, 2009
Watermelon Man

비어있는 무대.

공연 시작 2분 전
V. 내가 벌레가 되면 어떻게 할 거야? 인터뷰 영상.

영상 종료 후, 하우스 멘트
암전.

1장. 어느 날 아침

V. 벌레들의 춤
M. Red Sex

Seq. 1
그레고르는 벌레가 되었다.

잠에서 깨어난 그레고르.
벌레들이 다가와 그레고르에게 온다.
어느 순간 그레고르는 벌레가 되어있다.

Seq.2
벌레들 일순간에 흩어진다.
무대는 잠자 가족의 집이 된다.
그레고르는 방안에 놓인다.

V. 가족들
M. Memory already late
가족들의 일상
가족들 아침을 맞아 분주히 걸어다닌다.
굳게 닫힌 문이 신경쓰인다.
그레고르는 자신의 몸을 거울 속을 통해서 본다.
거울 속의 자신이 기이하다.

Seq.3
가족 소개

E. 전화벨

전화벨이 울린다.

어머니 지금 몇 시야?
가족들 어?

E. 왜곡된 전화벨

어머니 오빠 나갔어?
그레테 아마도?
어머니 일찍 나간다 했는데.

E. 더욱 왜곡된 전화벨

가족들 계속된 전화에 신경이 쓰인다.

아버지 빨리 좀 받아
그레테 바이올린! 다녀올게!

어머니 전화를 받는다.

M. The Fly Guy Five

어머니 여보세요?
지배인 여보세요? 잠자 씨! 지금 어디야?
어머니 누구시죠…?
지배인 (공손하게) 아 안녕하세요?
어머니 안녕하세요?
지배인 잠자 씨 집에 있나요?
어머니 네네.
지배인 잠시 바꿔주실 수 있을까요?
어머니 아… 지금 그레고르가 전화를 못 받아서요.
지배인 아 그러시구나.

어머니 네네.

잠시 사이.
지배인, 가족들의 일상을 헤집어 놓는다.

지배인 잠자 씨! 지금 어디야! 오늘 중요한 날이라고 했잖아! 전화는 왜 이리 안 받아! "전화보다는 문자가 편합니다" 뭐 이런 거야? 잠자 씨! 뭐 이름값 하는 거야? 잠자느라 못 나와? 지금 무슨 상황인지 알잖아! 내가 어지간한 거 다 받아줬잖아. 내가 지금 나 좋자고 이러는 거 아닌 거 알지? 다 당신 위한 거야. 근데 이런 중요한 날에 이러면 어떡해! 지금이라도 안 늦었으니까 빨리 튀어나와! 자기만 생각하면 안 되지. 이거 되게 버릇없는 거야! 요즘 것들은 왜 이렇게 지밖에 모르는 거야! 어머니! 어머니도 이런 식이니까 아드님이 이렇게 하는 거예요! 우리 아들 우리 아들하고 감싸시니까! 여기 회사예요! 학교처럼 "우리애가 아파서…" 같은 핑계가 통하는 곳이 아니에요! 들어가세요.

부모님 ….

그레고르 뭐?

아버지 그레고르. 문 열어!

잠겨있는 문.
문을 열어보려고 하는 가족들.

어머니 그레고르!

아버지 문 좀 열어봐. 얼른 나와!

가족들 문을 계속해서 두드린다.

E. 왜곡된 벨소리

지배인 야! 안 나와도 돼. 그냥 그렇게 살아! 너 없어도 다 잘되니까. 너 없다고 안 돌아가는 곳 아니야! 너 말고도 일할 사람 줄 서 있어! 니가 어디서 이런 연봉 받을 수나 있을 거 같아? 그럼 푹 쉬어!

망연자실한 가족들.

아버지 여보. 빨리 열쇠 가져와! 그레고르! 문 열어!!

문을 계속해서 두드린다.
그레고르, 정신을 차리고 일어난다. 힘겹게 문을 열고 나가본다.

M. Murphy's Law + Gregor's Theme

그레고르 아버지….

그레고르를 마주한 부모님.

Seq. 4
벌레를 마주한 어머니는 비명을 지른다.
어머니를 지키려하는 아버지.
벌레는 아버지를 피해 도망친다.
도망치는 와중에도 계속해서 자신의 몸이 적응이 되지 않는다.

도망가던 끝에 방으로 들어간다.
아버지는 그레고르를 방에 가둔다.

그레테 다녀왔습니다!

난장판이 된 집.

V. 외시경으로 본 벌레

2장. 가족

Seq.5
그레테, 그레고르의 방문 앞에 선다.
그레테는 바이올린을 꺼내어 현을 조율한다.
그레테의 연주가 시작된다. 그레고르를 위로한다
벌레가 된 그레고르, 자신의 몸이 적응이 되지 않는다. 자신의 팔다리에 눌리고 괴롭다.

M. Gregor's Theme(Violin Ver.)

그레테 오빠! 많이 힘들었지? 그동안 고생 많았어! 가족들도 다 고마워하고 있어. 괜찮아! 너무 걱정하지 말구. 벌레가 되어도 오빠니까! 바이올린 많이 늘었지? 오빠한테 들려주고 싶었어!

그레테는 연주를 계속한다.

Seq.6

아버지 우리끼리 살아갈 방법을 찾아야해.

어머니 나는 일해본 적이 없는 걸요.

아버지 나라고 달라? 일을 그만둔 지 오래되었다고.

어머니 나도 일하고 싶어요! 근데 몸이 말을 안 들으니까.

아버지 나이는 들어가고, 나 혼자는 도저히 안 되는 상황이었는데. 이제야 좀 쉬나 싶어 좋아했더만.

어머니 기특하게 또래들에 비해 버는 것도 많이 벌어오고. 처음에는 미안했지만, 그동안은 당신이 고생을 많이 했었으니까. 그레고르가 먼저 나서줘서 정말 다행이었죠.

아버지 고마운 아들이었지.

그레테, 부모님의 이야기를 듣는다. 그레고르도 가족들의 이야기를 듣는다.

어머니 우리 이제 어떡해요?

아버지 나한테 비상금이 좀 있어.

어머니 비상금이라니?

아버지 근데 그건 쓰면 안 되는 돈이야. 내가 일을 조금 해볼까?

어머니 당신 다시 일할 수 있겠어요?

아버지 해봐야지… 내가 다시 적응할 수 있을진 모르겠지만… 그래도 우리 먹고 살아야 하잖아.

어머니 너무 무리하진 말아요. 그레고르가 돌아올 수도 있으니. 우리 그 비상금 쓰는 건 어때요?

아버지 그건 안 돼. 그건 정말 위급할 때 써야하는 돈이야.

그레테 제가 할게요.

아버지 니가?

그레테 네!

어머니 넌 너무 어려

그레테 아뇨 저도 이제 다 컸어요.

아버지 그래! 고맙다 그레테! 그러면 그레고르는 내가 맡을게.

그레테 그것도 제가 할게요. 저 그동안 하는 거 없었잖아요. 저 뭐라도 하고 싶어요.

아버지 그래. 고맙다 그레테. 우리딸 다 컸네.

그레테 가족들을 안심시킨다.
아버지는 의자에 몸을 맡기곤 눈을 감는다.

그레테 오빠 아무것도 안 먹어서 배고프겠다. 먹을 거 좀 있나?

어머니 아무것도 안 먹었겠지.

그레테 배고프겠다. 오빠 고생했을 텐데 좋아하는 것들 좀 챙겨줄게요!

어머니 고마워 우리딸!

그레테, 식사 준비를 하러 나간다.

M. Colorful

Seq.7
그레고르 방에서 깨어 정신을 차린다.
벌레들이 다가온다.

벌레가 점차 되어간다. 처음에는 혼란스럽지만. 서서히 즐거워진다.
즐거워지는 자신이 이상하다.
맘껏 돌아다니다보니 방이 어질러진다.
맘껏 놀고 나니 피곤해져 침대에 눕는다.

Seq.8
그레테 문을 벌컥 연다. 벌레들과 그레고르 모두 숨는다.
접시를 들고 그레고르를 찾는 그레테.

그레테 오빠. 먹을 거 좀 챙겨왔어. 들어가도 돼? 배고플 텐데 얼른 먹어. 다 먹으면 내가 치울게.

M. Gregor's Theme Var.1

그레고르가 접시로 향한다. 하지만 입에 맞지 않아 음식을 거부한다.
접시를 밀어낸다. 그레테 그것을 보고 의아해한다.

그레테 왜? 오빠 좋아하던 것들이잖아.

그레테 다시 나간다.

Seq.9
숨어있던 벌레들이 나와 그레고르와 논다.
그레고르도 점차 즐긴다.

그레고르 방이 이렇게 넓은지 몰랐는데. 전혀 몰랐어. 사람일 때와는 다른 그런 기분. 엄청 아늑해.

방이 더 어질러진다.
그레테, 문을 열고 들어온다. 벌레들은 숨는다.

Seq.10

그레테 오빠 뭐라도 좀 먹어. M. Hide & Seek.

그레고르는 그레테의 시선을 피해 숨는다.
바뀐 자신의 몸을 보이지 않으려하는데 몸들이 계속해서 삐져나온다.
미숙함으로 도망을 치자 방이 계속해서 어질러진다.
그런 모습을 보는 그레테.

그레테 오빠. 방이 좀 좁지? 내가 정리해줄게!

그레테, 방에서 뛰어나간다. 그레고르는 이를 지켜본다.

M. Somewhere in Between

그레테 엄마! 오빠 방 정리해주자!
어머니 갑자기 왜?
그레테 오빠가 불편해보여서.
어머니 그래?
그레테 일단 필요한 거 말고는 다 빼버릴까봐!

그레테와 어머니 그레고르의 방 앞에 선다.

그레테 오빠 들어갈게.

어머니 그레테. 이건 아닌 거 같아.

그레테 뭐가요?

어머니 여긴 그레고르가 평생을 살던 방이잖아.

그레테 그러니까. 오빠한테 이게 필요할 거라니까.

어머니 그래도….

그레테 알았어. 그럼 나 혼자 할게.

그레테 방에 들어선다.

M. Happy

Seq.11

방을 정리하는 그레테

주저하는 어머니

고민하는 그레고르

이것만큼은 뺏기기 싫어 조심스럽게 기어나온다.

그 모습을 본 어머니는 비명을 지른다.

벌레의 모습이 가족들을 위협하는 듯하다.

비명소리를 들은 그레테, 방으로 뛰어간다.

그레테 오빠! 도우려는 거잖아!

그레테는 어머니를 방에서 꺼낸다.

아버지가 소리를 듣고 달려나와 그레고르를 방에 밀어 넣고 걸어 잠군다.

아버지 다시는 이 문 열지 마!

M. Gregor's Theme w. Tictok

그레고르 방안에 갇히고 시간이 흐른다.

3장. 손님

M. Somewhere in Between

그레고르2 나가고 싶어?

그레고르1 나가야지….

그레고르2 맘껏 잘 수 있지?

그레고르1 아니….

그레고르2 나가면 일만 할 텐데.

그레고르1 가족들을 위해서야.

그레고르2 정말?

그레고르1 당연하지.

그레고르2 진짜?

그레고르1 ….

Seq.12

시간이 흐른다.

갇혀버린 그레고르도 가족들도 각자의 시간을 보낸다.

가족들은 점점 여유가 생기고 즐거워 보인다. 가끔씩 장난도 친다.

모든 것을 지켜보는 그레고르.

그레고르2 벌레인 동안만큼은 좀 쉬어도 돼.

아버지 그레테.

그레테 네.

아버지 하숙인이 올 거야!

그레테 네.

어머니 괜찮니?

그레테 별 수 없잖아요. 괜찮아요.

아버지 고맙다.

그레테 아 저 월급 조금 올려주신대요. 일 열심히 잘한다고.

어머니 어머, 그래?

그레테 네! 제가 좀 더 열심히 해볼 테니까 다들 너무 걱정하지 마요.

Seq.13

E. 띵동

M. Cosmics Sans

하숙인이 문 앞에 등장한다.

가족들은 하숙인을 맞이할 준비를 한다.

그레고르는 그 소리를 들으며 지켜본다.

하숙인 안녕하세요!

가족들 하숙인을 맞이하고 집을 소개해준다.

그레고르의 방 앞에 선 하숙인.

하숙인 근데 저 방은 뭐죠?

가족들 문 앞에 선다.

아버지 저희 창고입니다! 신경 안 쓰셔도 됩니다! 짐 주시죠!

하숙인에게 짐을 받아든 아버지.

아버지 혹시 음악 좋아하시나요? 그레테, 연주해드려.
그레테 아 네네.

어색하게 서 있는 가족들.

Seq.14
그레테가 현을 조율한다.
그레테의 연주가 시작된다. 가족들은 하숙인의 눈치를 본다.
하숙인은 연주를 즐긴다.

나가지 못함에 분한 그레고르.
가족들도 음악에 맞춰 춤을 춘다.
그레고르의 넘어지는 소리와 함께 음악이 멈춘다.

하숙인 방금….
아버지 피곤하실 텐데 오늘은 그만 쉬시죠.

아버지 하숙인을 이끌고 나간다.

아버지 그레고르!

어머니 그레고르 답답하지? .

그레테 오빠. 조용히 있어줘 제발. 우릴 위해서.

M. Colorful

Seq.15

시간이 흐른다.

가족들은 그레고르의 자리에 하숙인을 앉히고, 하숙인은 그레고르의 자리에 익숙해져간다.

그레고르의 자리가 점차 지워져간다.

Seq.16

M. gregor's Theme (violin Ver.)

그레테는 바이올린을 연주하기 시작한다.

오랜만에 살아있는 느낌, 설렘을 느끼는 그레테.

그레테는 제대로 바이올린 연주를 보여준다.

하숙인은 그레테의 연주를 듣는다.

그레고르는 그 연주 소리에 따라 그레테에게 다가간다. 고조되는 음악. 빨라지는 리듬.

아름답고 처연하게 바이올린을 연주하는 그레테.

그레테와 그레고르가 함께 했던 그 춤을 하숙인과 춘다.

모두가 함께 춤춘다.

조금씩 다가가는 그레고르.

그레고르가 그레테를 잡는다.

그레테와 하숙인은 비명을 지른다.

하숙인 저게 뭐죠!
아버지 아니… 저희가 설명할 수 있습니다
하숙인 저런 거랑 살고 있었던 거예요? 저 나가겠습니다!!

하숙인 집에서 나가버린다.

어머니 그레고르!
아버지 대체 왜 이러는 거야!
어머니 이제야 자리를 잡아가는데
그레테 오빠 우리 힘들어! 들어가. 들어가서 두 번 다신 나오지 마.

그레고르 멍하게 서 있는다.

4장. 사과

M. muto_ gon

Seq.17
그레고르 모든 대화를 듣는다.

아버지 더 이상은 안 돼.
어머니 힘들어요.
아버지 이제는 어쩔 수 없어.

어머니 어쩌죠?

아버지 없애자.

가족들 침묵한다.

아버지 없어도 돼. 없이도 잘 살았잖아.

어머니 그래도 될까?

아버지 어쩔 수 없어.

어머니 그래도….

그레테 더는 방에서 못 나오게 하면 돼요.

어머니 뭐?

그레테 두 번 다시는 못 나오게. 아빠 말대로. 오빠 없이도 우리 이제 잘 살 수 있잖아요.

아버지 ….

그레테 엄마. 너무 걱정 마요. 저거 이젠 진짜 벌레잖아요. 벌레 다리 한두 개 꺾는다고 문제가 되지 않아요. 벌레니까.

그레고르 모든 대화를 듣는다.
벌레와 인간 사이에서 괴로워한다.
가족들과의 모든 관계에 대해 돌아본다.
자신의 삶을 돌아보며, 괴로워한다
팔다리가 유독 말을 안 듣는다. 일어나고 싶지만 일어나지지 않는다.
가족들을 모두 떨쳐낸다. 가족들에게 버려진다.

Seq.18
두 발로 온전히 선다.

그레고르 이제 어쩌지? 어쩌다 여기까지 온 거지? 마음껏 쉬고 싶다는 생각에 이렇게 된 걸까? 왜 나는… 나는 왜? (사이) 이제 어쩌지?

그레테 오빠 들어가도 될까?

그레고르 그래도. 물어는 봐볼 걸 그랬네. 내가 벌레가 되면….

그레고르, 사과를 바라본다.
사과가 떨어진다.

Seq.19
M. lavender skies

그레테 문을 연다.
그레고르의 죽음을 목격한다.
가족들 짧게 묵념한다.
가족들 껴안는다.
M.
평온한 음악이 나온다.
가족들 그레고르의 자리를 치워버리고, 그 자리에 편하게 앉아서 이런저런 이야기를 한다.

커튼콜.

작가의 말 / 장산

〈변신〉은 프란츠 카프카의 변신을 각색한 대본입니다. 큰 틀과 상황만을 가지고 무대 위에서 움직임을 통해 구현해보고자 했습니다.

벌레가 되어버린 아들은 바깥과 소통하기 위해 혹은 스스로를 보며 계속해서 움직이고 때때로 말이 아닌 소리를 낼 뿐이지 않을까라는 생각에서 피지컬 씨어터로 공연을 만들게 되었습니다.

산 자의 권리

극작 : 이희란

등장인물

권제인 김문희 이다빈 전동근
정혜윤 한현구 허가연

이 작품은 실제 인물들의 언어 즉, 당사자의 자기말하기, 인터뷰, 기사, 세미나, 국정감사 등 수집된 말의 자료들을 바탕으로 작가에 의해 구성되고 편집된 것이다. 따라서 배역의 이름은 배우 본명을 사용한다. 7명의 배우들은 모두 강연자로 수행하며, 특정 장면에선 실제 인물들이 사용하는 말을 재발화하는 버바팀 형식을 따른다.

전시공간 : 스튜디오씨어터의 한 쪽 1/3 공간에 마련된다.

공연공간 : 스튜디오씨어터의 다른 한 쪽 2/3 공간에 타원형의 테이블이 놓여있다. 타원의 바깥에 약 30-40개의 의자가 있다. 7명의 배우와 스태프는 관객 사이사이에 위치하고. 장면에 따라 배우와 관객은 앉은 위치를 바꿀 수 있으며, 테이블 안쪽 공간으로 이동 할 수 있다.

테이블 양쪽으로 스크린 두 개가 일정한 높이에 마주보고 걸려있다.
테이블 위에는 장면 중에 사용될 라이브 피드용 카메라 1개와 무선 마이크 5대가 설치 되어있고, 배우가 태블릿pc 또는 노트북을 앞에 두고 필요에 따라 자료를 읽기도 하고, 프로젝터 또는 오디오에 직접 연결하여 오퍼레이팅 하기도 한다.

프롤로그

정혜윤 〈산자의 권리〉를 보러 와주신 관객 여러분 감사합니다. 저는 한양대학교 연극영화과에 재학 중인 대학원생 정혜윤입니다.

전동근 안녕하세요? 저는 〈산 자의 권리〉에 참여한 학부 4학년 전동근입니다.

정혜윤 시작하기에 앞서, 몇 가지 안내사항을 말씀드리고자 합니다. 우선 핸드폰! 끄셨나요? 다시 켜주세요. 무음모드로만 해주시면 됩니다. 공연 중 궁금한 것이 있다면 언제든, 자유롭게 이용하세요. 다만 사진과 영상 촬영은 참아주세요.

전동근 화재 발생 등, 비상시에는 무대감독님~ 무대감독의 안내를 따라 건물 밖으로 이동하시면 됩니다. 극장의 소화기는 이쪽과 이쪽에 비치되어 있습니다.

정혜윤 앞으로 함께 여러 이야기를 나누게 될 텐데, 아이스브레이킹을 위해서! 간단하게 자기소개 시간을 가져보면 좋을 것 같아요. 그럼 이쪽부터 부탁드리겠습니다.

한현구부터 자기소개.

전동근 소개 말씀 감사드립니다. 〈산 자의 권리〉는 실제 일어난 산업재해 사건과 관련 자료들로 구성되었습니다. 여러분, 혹시 산업재해가 무엇인지 아시는 분 계세요?

정혜윤 '나는 산업재해가 뭔지 잘 모릅니다.' (손 들어 달라는 요청) '압니다. 좀 들어봤습니다.' (손 들어 달라는 요청)

전동근 네, 감사합니다. 산업재해란, 산업안전보건법 제2조, 산업재해 정의가 스크린에 보인다. (플랫폼으로 올라가서 읽는다)

정혜윤 간단히 말해서, 노동자가 일터에서 어떠한 원인에 의해 사망, 부상, 질병에 걸리는 것을 산업재해라고 합니다. 혹시, 대한민국은 산업재해 사망자 수로 OECD 38개국 중 몇 위일까요? (관객의 답변을 기다린다. UP&DOWN 게임) 네, 안타깝게도 1위입니다. 한국 노동 현장에서는 1년에 약 12만 명이 부상을 당하고 2000명 정도가 목숨을 잃습니다. 미국이나 일본에 비해 3배나 많고 영국에 비해서는 15배나 많은 거예요. 그런데 사실 이 통계치도 신고로 접수된 사고들만 다룬 수치구요, 실제로는 백만 건이 넘는 크고 작은 산재사고가 발생하고 있습니다. 그러니까, 매일 6명의 노동자들이 아침에 일을 하러 출근을 했다가 저녁에는 집에 다시 돌아오지 못한다는 거죠.

전동근 여러분, 저희가요, 학생들이잖아요. 학교 도서관 사이트 백남학술정보관에 산업재해라고 검색을 해봤습니다. 그랬더니 약 7000건이 넘는 논문들이 나왔어요. 바로 여러분들이 앉아계시는 이 테이블이, 산업재해 논문들로 만들어져 있습니다. 이 수많은 논문들의 연구목적은, 산업재해 예방과 대책, 제도 개선에 대해 끊임없이 말하고 있었어요. 아이러니하게도 저희는 공연을 준비하는 기간 동안 매일매일 수많은 산재 뉴스들과 마주했습니다.

정혜윤 저희는 공연을 준비하면서 산업재해와 관련된 많은 책과 자료들을 살펴보았습니다. 그중에서도 저희의 머리와 심장을 아주 크게 올린 책이 한 권 있었어요. 이 책은 노동건강연대에서 기획한, 〈2146,529〉입니다. 이 책을 관객 여러분들과 짧게 읽어보고 싶어요. 저부터 한 번 읽어보겠습니다. 2021년 1월 3일 그리고 4일, 현대자동차 울산공장에서 협력업체 직원이 중장비에 가슴이 눌려 숨지는 사고가 벌어졌다. 앞서 현대차 울산공장에서 2016년 프레스 작업을 하던 노동자 김아무개 씨가 중장비에 끼여 숨지는 등의 사고가 빚어진 적이 있다.

관객 2021년 1월 7일 그리고 8일, A씨는 트레일러 컨테이너 안에서 분류작업을 위해 일하던 도중 멈춰있던 트레일러가 앞으로 나가면서 아래로 떨어졌습니다.

관객 2021년 1월 10일 오후 8시 5분께 전남 여수시 낙포동 여수국가산업단지 한 유연탄 저장업체에서 청년 노동자 A씨가 석탄 운송대에 몸이 끼이는 사고를 당했다.

정혜윤 2021년 1월 11일, 광주 광산경찰서 등에 따르면 이날 낮 12시 40분쯤 광주 광산구 지죽동의 한 플라스틱 재생 공장에서 A씨가 플라스틱을 부수는 파쇄기에 몸이 끼이는 사고가 발생했다. 이 책에는 2021년 1월 1일부터 12월 31일까지, 산업재해로 인정된 산업장 사망사고가 적혀있습니다. 마치 신문 부고처럼 육하원칙에 따라 간결하고 건조하게 나열되어 있어요. 저희는 방금 1월에 발생했던 사고들 중 일부만을 읽어보았는데요. 이 사고들은 올해도, 작년에도, 10년 전, 20년 전, 일요일, 아침, 새벽 특정시간대를 가리지 않고 지금 이 순간에도 일어나고 있습니다. 저희는 왜 이런 사고가 멈추지 않고 일어나는지 궁금했습니다. 그런데, 그 이유를 알 수가 없었습니다. 그래서 여러분들을 이 자리로 모셨습니다. 저희가 산업재해 관련해서 몇 가지 장면들을 준비했어요. 저희 모두 다 함께, 장면을 만들어 볼 거예요. 그리고 잠시 쉬었다가 롤플레잉 토론을 할 예정입니다. 산업재해, 어떻게 해야 할까요? 무슨 일이 일어나고 있을까요? 그럼 이제, 본격적으로 〈산 자의 권리〉 시작해보겠습니다.

1장. 피자

한현구 저는 피자를 좋아합니다. 치킨보다 피자를 더 좋아하는데요. (옆 관객에게) 피자 좋아하세요? 어떤 피자 좋아하세요? 그러면 파인애플이 올라간 하와이안 피자도 좋아하세요? (관객에게) 몇 분의 표정이 일그러지고 있는데요, 하와이안 피자는 민트초코나 탕수육 부먹찍먹처럼 찬반이 뜨거운 주제죠. 그러면 하와이안 피자를 좋아하시는 분 손 한번 들어주시겠어요? 감사합니다, 손 내려주시고요. 이번엔 "나는 하와이안 피자를 좋아하지 않는다." 손 들어주시겠어요? 감사합니다. 혹시 좋아하지 않는 이유에 대해 말씀해주실 수 있나요? (관객의 답변을 듣는다) 의견 감사합니다.
여러분 피자 한 판을 만드는 데는 시간이 얼마나 걸릴까요? (피자 조리 시뮬레이션_"좋아하시는 토핑 넣어주시겠어요?") (정답 맞힌 관객에게) 정답을 맞힌 분에게는 피자!에 빠질 수 없는 핫소스를 드리도록 하겠습니다. 그렇습니다. 피자 한 판을 만드는 데는 15분이 걸립니다. 사실 저는 도미노피자를 즐겨 먹는데요, 저처럼 도미노피자를 좋아하시는 분이라면 과거 '30분 배달 보증제'를 들어보셨을 겁니다. '30분 배달 보증제'. 고객이 피자를 주문하면 조리부터 배달까지 30분 내로 완료하는 것을 보증하는 제도입니다. "1588-3082 도미노피자~♬" 일명 3082, 30분 이내에 빨리. 이 제도는 30분 늦으면 3천 원 할인을 받았고요, 40분 늦으면 4천 원 할인을 받았습니다. 이때 많은 양의 주문이 밀려들어오거나, 눈, 비가 내릴 때도, 퇴근 시간 교통 체증으로 도로가 마비된 상황에서도 예외는 없었습니다. 비극적인 사고는 예견되어 있었던 거죠. 15분 동안 피자를 만들고, 남은 15분 안에 피자를 배달하던 청년 배달원들이 잇따라 도로 위에서 숨졌습니다. 그중에는 학교 등록금 마련을 위해 일한 청년도 있었고, 용돈을 벌기 위해 도로로 나선 10대 소년들도 있었습니다. 사실 이 제도는 미국에서 먼저 시행되었는데, 사고 위험을 이유로 진작 폐지가 됐고요, 한국에서는 1993년부터 20년 동안 쭉 이어져 오다가 2011년이 되어서야 폐지가 됐어요. 따뜻한 피자보다 도로 위에 내몰린 청년들의 목숨이 더 소중하다는 시민들의 시위가 있었기 때문입니다. 그리고 2023년. 10년보다 더 지났습니다. 세상은 어떻게 바뀌었을까요?

피자를 주문할게요. 연극적 허용 이런 거 아니고 진짜 시킬 거예요. 그전에 조를 구성할게요. 화면에 보이는 메뉴 중 한 가지를 선택해 주세요. 아쉽게도 크러스트 추가, 반반피자, 토핑 추가 없이 단일메뉴 주문만 가능합니다. 1분 드릴게요. 드시고 싶은 피자를 골라 주세요. 태블릿 연결 확인 및 배민 접속. 피자 주문 가능한 매장 확인. 피자 주문 시, 예약 시간 요청 및 라이더에게 메시지 남긴다. (결제 시 비밀번호 입력하는 화면 뜨면) 최종결제는 개인정보보호를 위해 무대감독님께 요청하겠습니다. 무대감독님, 부탁드립니다.

(주문을 완료한 후) 여러분 이 화면 익숙하시죠? 배달의 민족, 쿠팡이츠, 요기요. 우리가 배달음식을 시켜 먹을 때 사용하는 앱이잖아요. 배달플랫폼 시장이 커지면서 배달기사도 많아졌습니다. 앱을 통해 일감을 따내는 온라인 기반 노동자, 이른바 '플랫폼노동자'입니다. 누구요? 플랫폼 노동자요! 이들은 실시간으로 신속하게 일감을 따내는 것이 중요합니다. 왜? 그게 곧 생계유지와 연결이 되니까요. 자, 그럼 이 '신속함'에 대해 같이 한 번 알아볼까요? "배달의 민

족 주문!" 고객이 음식을 주문합니다. 주문을 받은 가게는 이 음식을 대신 배달해 달라고 요청합니다. 누구한테요? 주변에 있는 라이더들한테요. 이 배달 콜이 핸드폰에 뜨면 가장 먼저 터치하는 사람이 일감을 가져갑니다. 일명 전투콜. 다른 배달원들보다 0.1초라도 빨리 터치해야 하는 이 상황이 마치 전쟁과 같다고 해서 전투콜이라고 불립니다. 이 전쟁 같은 상황에, 쿠팡, 배민, 요기요 같은 대형 플랫폼은 AI 관제시스템까지 등장시킵니다. AI 관제시스템! 이 AI는요, 새로운 사장님이에요. 실시간으로 배차와 배달료까지 알아서 결정합니다. 흥미로운 건 날씨에 따라 배달료가 변동되기도 하는 건데요. 바람이 강하거나 비가 오는 날에는 배달 단가가 올라가고 화창한 날은 낮아집니다. 마치 주식처럼 배달료가 요동치는 거죠. 이뿐만이 아닙니다. 배달원들에게 등급을 매긴대요. 무슨 등급? 라이더 등급제요. 최상위 등급을 받는 라이더가 다른 배달원들보다 평균 대비 2.6배 높은 배달료를 받습니다. 약 3배 가까운 배달료를 받는 거죠. 그럼 최상위 라이더가 되기 위해서는 어떤 조건을 갖춰야 할까요? 배달 완료 500건 이상, 피크시간대 참여 36회 이상, 배달 완료율 90% 달성. '어, 할 만한데?'라고 생각하시나요? 한 달 기준이에요. 이를 계산해 보면 시간당 최소 4곳에 배달을 해야 하는데, 이는 한 집 당 약 15분 안에 배달해야 한다는 뜻입니다. 어딘가 익숙한 그림이지 않나요? 한 집 당 15분. 다시 화면 보시겠습니다. 제 뒤로 그래프가 있습니다. 하나는 쭉 올라가더니 30%에 그치고, 다른 하나는 제 키를 넘어서 212%까지 올라갑니다. 어떤 숫자일까요? 오토바이 사고율입니다. 왼쪽은 매장에 직접 고용된 배달 노동자의 사고율이고요, 오른쪽은 배달플랫폼 배달 노동자

사고율입니다. 약 일곱 배 차이가 나는데요. 이 30%도 결코 적은 숫자가 아니거든요. 그런데 212%. 오토바이 한 대당 1년에 두 번 꼴로 사고가 일어나고 있는 거죠. 1년에 두 번 꼴이요. 여러 주문을 받아 더 빨리, 더 많이 배달해야 하는 경쟁. 1초 단위로 생계를 위해 움직이는 배달노동자들. 어떻게 하면 오토바이 사고율을 줄일 수 있을까요? 라이더 등급제가 문제일까요? AI시스템이 문제일까요? 다양한 주제로 이야기를 나눌 수 있을 것 같은데요, 여러분의 생각을 들어보고 싶은데요, 예를 들어 (영상을 가리키며) 이런 주제들이 있을 수 있겠죠. "오토바이를 배달에 꼭 사용해야 하는가?" "배달시간 별점 기능을 꼭 사용해야 하는가?" 여러분 앞에 놓인 종이에 펜을 이용해서 1분 동안 여러분의 생각을 적어주시겠어요? 질문 있으신 분은 제가 도움 드릴게요. 1분 드리겠습니다.

한현구 관객을 살피며 필요에 따라 관객과 한두 마디 정도 나눈다. 다른 배우들 주변 관객을 돕기 위해 살핀다. 박스를 준비한다.

한현구 시간이 됐습니다. 두 분의 이야기만 들어보겠습니다. 00님 어떤 생각을 적어주셨나요? 00님은 어떤 생각을 적어주셨나요? 의미 있는 주제와 질문거리들을 주셨네요. 이제 여러분께서 생각해주신 이 질문들을 모아보겠습니다. 종이비행기를 접어 무대로 던져주세요.

관객들이 종이를 무대 가운데로 던진다. 배우들은 무대로 나와 질문이 적힌 종이를 수합한 후 기획자에게 전달한다.

한현구 여러분이 주신 소중한 질문과 토론 주제들은, 혜나 씨! 기획팀에게 전달하겠습니다. 추후 〈산 자의 권리〉 인스타그램 페이지에서 확인하실 수 있습니다. 이 주소는 토론 끝나고 다시 띄워드릴 테니 확인해주시면 감사하겠습니다. 저는 여기까지입니다. 감사합니다.

2장. 청문회

김문희 등장한다. 1장에서 이어진 라이더들의 오토바이 소리가 무대에 울려 퍼진다.

김문희 여러분, 오토바이! 하면 뭐가 떠오르세요? 저 같은 경우에는 오토바이와 관련된 강렬한 기억이 있는데요. 제가 울산에서 잠시 살았었거든요. 하루는 제가 친구를 만나러 오후 4시쯤에 울산 동구로 갔는데요. 도로에 작업복을 입은 사람들이 오토바이를 타고 줄줄이 서 있는 거예요. 근데 그 수가 너무 많다 보니까 "베트남이야 뭐야?" 싶으면서, 뭐 하는 사람들일까 궁금했어요. 알고 보니 울산 경제를 먹여 살린다는 현대중공업 노동자들이었어요. 교대 근무 특성상, 새벽에 일찍 출근해서 일하고 즐겁게 퇴근하는 모습을 제가 봤던 거죠. 그런데, 집으로 돌아가지 못하는 노동자들이 매년 발생해요. 심지어 적지 않게요. 안전규정을 지키지 않아서 사고가 나고요. 같은 작업장에서 서로 다른 작업지도서를 갖고 일을 하다가 사고가 납니다. 예를 들면 이런 거예요. 원청과 협력업체가 같이 대형 철판을 조립하기로 했어요. 안정상의 문제 때문에 평평한 판을 먼저 옮기고 휘어진 곡판을 나중에 옮겨야 하는데, 현대중공업에는 적혀 있는 이 내용이 협력업체 지도서에는 빠져 있었어요. 철판을 고정하는 지지대를 설치한다는 내용도 없었고요. 결국, 철판은 흘러내렸고 옆을 지나가던 40대 노동자를 덮쳤습니다. 그 무게 2.6톤이었습니다.
현대중공업에서는 1974년 설립된 이후로 500명에 가까운 노동자들이 죽었어요. 매년 10여 명이 숨진 꼴이에요. // 2021년 2월 22일 국회 환경노동위원회는 산재사고가 많이 발생하는 기업들을 불러서 사상 첫 산재청문회를 열었습니다. 현대중공업 한영석 대표이사에게 산재사고 왜 이렇게 발생하냐는 의원들의 질문이 쏟아졌는데요. 한영석 대표는 이렇게 답했습니다.

한영석 대표 답변 영상.

김문희 이날 청문회에는 현대중공업뿐만 아니라 현대건설, 포스코건설, GS건설. 제조업 부문에서 현대중공업, 포스코, LG디스플레이. 택배부문에서 CJ대한통운, 쿠팡, 롯데글로벌로지스. 이렇게 9개 업체의 대표이사들이 출석했습니다. 모두 산재사고가 빈번하게 발생했고 처벌을 피해가려는 기업들의 태도가 논란이 됐던 곳들입니다. 이중에서 허리 지병을 이유로 불출석 사유서를 제출했었던 최정우 포스코 회장에게 의원들의 질의가 집중됐는데요. 그 장면을, 재연해 보겠습니다.

환경노동위원 임이자, 윤미향이 증인으로 출석한 주식회사 포스코 대표이사 최정우를 신문하는 장면. 전동근을 제외한 모든 배우들은 마이크를 사용한다.

김문희 임이자 위원님 심문해주시기 바랍니다.

권_임이자 네, 상주 문경, 문경 상주 임이자 위원입니다. 포스코 최정우 회장님! 허리가 불편하심에도 불구하고 청문회에 참석해 주셔서 대단히 감사드립니다. 지난 16일 대국민 사과를 발표하신 뒤에, 허리에 염좌 및 긴장이라는 진단서를 첨부해서 국회 청문회 불참하겠다는 통보를 하는 것을 보고 참 어이가 없었습니다. 지금 ppt 좀 띄워주시죠! (스크린 영상에 실제 국정감사 자료가 보인다) 지금 최근 3년간 포스코 산재 사망 현황을 보십시오. 머리가 끼여서 사망하고, 산소 결핍으로 네 명이 질식사하고, 그리고 와이어로프 사이에 끼어서 사망하고, 다음, 폭발 발생으로 인해서 사망하고 또 부식된 용접 부위 파손으로 추락하여 사망하고. 이게 최근 3년간 포스코에서 일어난 사망 사고입니다. 느끼는 바 없습니까?

전_최정우 ….

권_임이자 우리는 손톱 밑에 가시만 들어가도 아프다고 아우성인데, 이렇게 해서 사망하신 산재 우리 근로자… 목이 메어서 말이 안 나옵니다. 심장이 떨립니다 저는. 그런데 여기에 대한 무한한 책임을 가지고 국민의 땀과 눈물과 피와 이렇게 만들어진 포스코 회장으로서, 오셔서 당연히 유가족과 산재로 사망하신 그 억울한 노동자들에게 정중히 사과해야 하는 거 아니었습니까? 맞지 않습니까, 회장님?

전_최정우 네… 생각이 짧았….

권_임이자 생각이 짧은 게 아니고 그게 회장님의 인성입니다!!

관객 지금 회장님 취임하시고 나서 보게 되면 산재 사고가 오히려 급증합니다. 사망사고도 마찬가집니다. 회장님 취임하고 나서 사망사고가 더 급증합니다. 제가 포스코에서 뭐 1조를 투입했느니 어쨌니 해서 봤습니다. 돈도 배로 들어갔지만, 산재 사고도 더 배로 늘어났고, 산재 사망사고도 더 배로 늘어났어요. 그리고 왜 이렇게 협력사 안전 관리비가 인색합니까? 저렇게 하니까 하청 노동자만 죽는 거 아니겠습니까?!

권제인 마이크를 한현구에게 준다.

김문희 네, 임이자 위원님 수고하셨습니다. 다음은 윤미향 위원님 심문해주시기 바랍니다.

전_최정우, 자리로 이동하려 한다. 정_윤미향, 마이크를 들고 자리에서 이야기한다.

정_윤미향 윤미향입니다. 회장님이 생각하시는 지금. 포스코 산업재해의 가장 큰 원인은 무엇이라고 생각하시나요? 매번 사과와 대책 발표만 하시는데요, 그 산재 원인이 무엇이라고 생각하십니까? 짧게 조금 대답해 주세요.

최정우 지금 현재 포스코 제철소가 50년이 넘은 노후 시설이 많습니다. 그래서 노후 시설의 요인하고 그 외의 관리감독자의 관리감독 노력이 부족했던 것 같습니다.

정_윤미향, 일어나서 스크린 쪽으로 이동한다. 스크린엔 2018년 포스코의 산업재해 현황이 나온다.

정_윤미향 2018년부터 지금까지 포항하고 광양 제철소에서 산업재해로 부상자 55명 사망자는 20명이 발생을 했어요. 근데 사망자 중에 하청 노동자가 14명 그리고 이주노동자가 1명이었습니다. 유독 하청노동자들의 사망원인이 높은 원인은 무엇일까요? 뭐라고 생각하십니까? 2018년부터 2020년까지 포스코가 중대재해로 부과받은 과태료가 얼마인 줄 아시죠? 약 10억 9,000만 원입니다. 과태료만 매년 수억 원씩 내는 회사가 제대로 된 회사라고 생각하실까? 아니면 국민들은, 국민들은 이걸 또 어떻게 받아들이실까? 하는 생각이 좀 드는데요, 혹시 이렇게 벌금… 어… 재해가 발생하고, 과태료 벌금 내면 그만이라고 하는 생각, 그런 인식이 있는 것 아닐까? 그런 생각이 좀 들었어요. 회장님은 안전보건 종합대책으로 지난 삼 년간 약 1조 1,050억 원을 쓰신다고 했습니다. 지난 3년간 이 투자 금액이 사고 예방에 효과가 있었나요?

관객 어… 일정 부분 있었다고 생각합니다.

관객 어… 산재가 계속 발생했는데도 불구하고 있었단 얘기죠? 그니까 만약에 효과가 없었더라면 더 엄청난 산재가 발생했겠네요, 현장에 노동자들과 전문가들, 그리고 국민들께서 그 돈이 어디에 쓰였는지 전혀 체감을 할 수가 없다라고 합니다. 이 평가에 대해서 어떻게 생각을 하시나요?

전_최정우 네 뭐 여러 가지… 겸허히 받아들이겠습니다.

김문희 (무대로 걸어 나오며) 청문회는 9시간 넘게 진행됐습니다. 사고의 책임을 묻는 의원들의 질타가 이어졌고, 기업 대표들은 관리가 부족했다, 재발 방지하겠다고 답했습니다. 이날 청문회장에서 나온 질문들, 그리고 대표의 입장들 일부를 가져왔는데요. 이 자리에서 같이 읽어보는 시간을 가지려고 합니다. 자, 질문지를 받은 관객 분들은 손 한번 들어주시겠어요? 그럼 이쪽부터 읽어보겠습니다.

관객 2명 노동계측 입장의 질문지를 읽는다.

김문희 네, 이번에는 대표 입장들도 한번 들어보겠습니다.

관객 2명 경영계 측 입장 읽는다.

김문희 이 밖에도 다양한 질문과 답변들이 오고 갔습니다. 저희가 같이 읽어보고, 또 들어도 보고 했는데, 어떠셨나요? 9시간 넘게 진행된 청문회, 그리고 앞으로는 잘 조치하겠다는 답변들. 이날 이후로 우리 산업현장은 달라졌을까요?

3장. 중대재해처벌법

권제인 달라진 건 없었습니다. 산업재해는 계속 반복됐습니다. 그 결과 만들어진 법이 바로 '중대재해처벌 등에 관한 법률'입니다. 중대재해처벌법 일부 내용을 알아볼까요?

권제인, 관객에게 중대재해처벌법 일부 내용을 전달한다.

관객 '중대산업재해에 이르게 한 사업주 또는 경영책임자 등은 1년 이상의 징역 또는 10억 원 이하의 벌금에 처한다.' 노동자가 사망하면 사업주인 대표이사를 처벌한다.

권제인 노동자가 사망하면 그 기업의 대표이사를 형사처벌한다는 것이 중대재해처벌법의 핵심입니다.

전동근(사) 그런데 대표이사가 현장으로부터 멀리 떨어져 있는 경우가 많은데, 대표이사만 책임을 지게 해도 괜찮을까요? (관객에게) 어떻게 생각하세요?

권제인 그러면 일터에서 사람이 죽었는데 누가 책임을 져야 할까요? 여러분, 누가 책임을 져야 산재 사망 사고를 막을 수 있을까요?

이다빈(사) 책임을 질 한 사람을 정해서 처벌하면 산업재해가 없어질까요? (관객에게) 어떻게 생각하세요?

권제인 대표이사들은 그동안 현장과 거리가 멀다는 이유로 감옥에 가지 않았습니다. 벌금은 냈죠. 사람 죽고, 기업이 내는 벌금이 얼마인지 아십니까, 여러분? 평균 690만 원, 700만 원이 되지 않습니다. 사람 목숨이 700만 원도 안 되니까 산업재해가 안 멈추는 것 아닐까요? 그거 고치자고 만든 법이 중대재해처벌법이잖아요. 사람 안 죽게 개선시켜보자고 만든 법 아닐까요?

정혜윤(사) 그런데 기업에서 요즘 홍보, 재무, 안전관리 등 분야별로 각기 다른 대표를 두고 있기도 하고, 기업 의사결정도 굉장히 복잡하게 이루어지는데, 대표 한 명에게만 책임을 묻는 게 타당할까요?

관객에게 발언 기회를 준다.

권제인 여러분, 학교에서 문제가 발생하면 교장이, 서울시에서 문

제가 생기면 서울시장이 책임지겠다고 하지 않나요? 개인의 실수가 없도록 제도를 마련하는 것도 바로 대표이사의 책임이지 않을까요?

허가연(사) 그래도 처벌이 너무 강하다고 생각되지 않으세요? 그렇게 되면 기업이 형사처벌을 피하는 것에만 집중하게 될 텐데, 이게 실질적으로 산업재해를 감소시킬 수 있을까요? (관객에게) 어떻게 생각하세요?

권제인 여러분들 혹시 다른 의견 또 있으신가요?

1-2명의 관객에게 의견을 듣는다.

권제인 다양한 의견이 있는 거 같습니다. 법의 목적에 대해서 한 번 볼까요? 여러분 제가 중간부터 읽어 보겠습니다. "사업주, 경영책임자, 공무원 및 법인의 처벌 등을 규정함으로써 중대재해를 예방하고 시민과 종사자의 생명과 신체를 보호함을 목적으로 한다" 여러분, 이처럼 중대재해처벌법의 목적은 생명을 보호하는 데 있습니다. 하지만 조금 전에 저희가 이야기 나눈 것처럼 법을 둘러싼 다양한 시선이 존재합니다. 이에 대해서 잠시 후, 토론 때 더 많은 이야기를 나눌 수 있었으면 좋겠습니다.

4장. 메탄올

비영리단체 노동건강연대 전수경 활동가의 인터뷰 녹취록의 대사가 스크린에 보이고 들린다.

전수경녹취 "저도 선생님하고 비슷한데, 저는 노동자들이 다치거나 사망한 이야기를 들으면 정말 현실감이 없거든요. 저도 마찬가지인 게, 저도 제 주변에는 몸을 써서 일을 하는 사람이 없단 말이에요. 몸을 써서 일하는 사람을 만나기가 쉽지 않아요. 물론 이제 제가 사는 공간을 한 번만 벗어나보면, 서울의 외곽으로 가고, 경기도, 수도권 안에서도, 가령 인천이나 부천만 가더라도 그렇게 공장에 다니는 노동자들이 엄청나게 많은데, 저도 생활인으로서, 도시 생활인으로서 저를 보자면 제가 그 사람들을 일상생활에서 만나지는 못하거든요…."

이다빈, 이어폰을 끼고 전수경의 목소리를 버바팀 발화한다.

이다빈_버 메탄올 실명 노동자들의 일을 처음 알게 되었을 때, 똑같아요. 너무 믿기지 않고, 현실감이 없고, 지금 그 사고가 일어난 지가 6년인가 7년이 되어 가는데 여전히 항상 현실감이 없어요.

이다빈, 이어폰을 빼고 자리에 앉는다.
허가연이 드럼통을 밀며 등장한다.

허가연 메탄올 통을 재현한 것입니다. 흡입, 섭취 그리고 피부접촉을 통해 인체에 장기간 반복 노출됐을 시 중추신경계와 시신경에 손상을 일으키는 독성물질입니다. 부품을 자르는 절삭기계의 과열을 막기 위해서는 냉각제가 필요하며 그 냉각제로는 에탄올을 권장합니다. 하지만 그들이 사용한 것은 메탄올이었습니다. 1200원vs500원. 사건이 발생

한 그 당시의 에탄올과 메탄올의 리터당 가격입니다. 공장에서는 단가가 싸다는 이유로 메탄올을 사용했습니다. 여섯 명의 20,30대 노동자. 그들의 업무는 휴대폰 부품에 묻은 메탄올을 닦아내는 일이었습니다. 메탄올 증기가 피부에 닿고 호흡기로 흡수되면서 그들은 하나둘씩 쓰러졌습니다. '당시에는 매우 크게 회자되었지만 몇 년이 지난 지금 또 잊혀지고 있는 것 같습니다. 이 이야기만큼은 잊혀지지 않길 바랍니다.' 전수경 활동가가 당부하는 그저 개인의 비극으로 보였던 이 이야기를 시작해보도록 하겠습니다.

호흡곤란을 겪고 의식을 잃은 노동자가 응급실에 실려 옵니다. 응급실에는 노동자의 실명 원인을 독성 물질에 의한 중독이라고 의심한 의사가 있었습니다. 노동자는 곧바로 직업환경의학과 교수에게 연락을 취했고, 노동건강연대에 연결되었습니다. 이후 이 사건이 세상에 알려지게 되었습니다. 또 다른 노동자는 눈앞이 깜깜해지고 아무것도 보이지 않아 안과에 방문했습니다. 그러나 그곳에서는 실명 원인을 짐작하지 못했습니다. 두 번째 방문했던 병원에서도 마찬가지였고요. 결국 세 번째 병원에 방문해서야 공장에서 사용한 메탄올이 원인이라는 것을 파악했습니다. 실명된 노동자들 모두 비슷한 경로를 겪었습니다.
직업환경의학과 교수는 다음과 같이 말했습니다. "국내에서 메탄올 급성 중독으로 인한 직업병은 이전에 '보고'된 적이 없는 것으로 알고 있고, 학계에 보고된 '메탄올 중독 실명' 사례는 모두 1960년대 이전의 일이다" 메탄올 중독 사건에는 꼭 짚고 넘어가야 할 배경이 있습니다. 바로 '노동자 파견제도'인데요. 공장이 노동자를 직접 고용하지 않고 파견업체를 통해서 고용하는 제도를 뜻합니다. 노동자가 일을 그만둬도 공장 사장은 새로운 인력을 공급받으면 그만입니다. 4대 보험가입의 의무도 질 필요가 없고요. 그렇기 때문에 사고가 일어나도 공장 사장이 책임을 질 필요도 없습니다. 자연스레 노동자들이 메탄올을 사용하든 에탄올을 사용하든 크게 신경 쓰지 않게 되는 구조라는 거죠. 결국 그들은 보호장구 하나 없이 목장갑 하나에 의지한 채 일을 했습니다. 실명 사건을 계기로 한국에서 메탄올 사용은 엄격히 제한되었습니다. 메탄올 하나만 놓고 보자면 무언가 개선된 듯 보이기도 합니다. 하지만 파견 제도를 비롯해서, 노동자들이 마주한 근본적인 문제들은 얼마나 개선되었을까요?

5장. SPC 제빵공장

김문희 중대재해처벌법이 시행됐습니다. 산업재해는 얼마나 줄어들었을까요? 2022년 기준으로 중대재해처벌법이 적용되는 사업장에서 256명이 숨졌습니다. 법 시행 전보다 8명 늘어났습니다. 과연 무엇이 문제일까요?

20대 A씨는 SPL 빵공장에서 일하는 직원이었습니다. 평소와 다름없이 A씨는 샌드위치 소스를 만드는 일을 하고 있었습니다. 높이 1미터가 넘는 기계에 손을 넣어 소스가 빨리, 잘 섞이도록 해야 했습니다. A씨는 전날 오후 8시부터 10시간째 작업 중이었습니다. A씨는 상반신이 기계에 끼여 숨졌습니다. 덮개가 열리면 기계 작동이 멈춰야 했지만 지켜지지 않았습니다. 사고 당시 현장에는 A씨 혼자 있었습니다. 이 사고와 관련한 국정감사에서, 윤건영 환경노동위원과 SPL 강동석 대표가 나눈 대화를 함께 보시겠습니다.

한_윤건영 강동석 SPL 대표 앞으로 나와주십시오.

한_윤건영 네 우선 대표님 이번 산재 사고에 대해서 어떻게 생각하십니까? 짧게.

전_강동석 너무나 안타까운 사고가 발생한 것에 대해서 제가 대표로서….

한_윤건영 회사가 무한 책임이 있다고 생각하시죠?

전_강동석 그 부분에 대해서는 현재 조사가 진행 중이기 때문에….

한_윤건영 네 넘어가겠습니다. ppt를 보시면요, 사건 발생 당시에 SPL 대응입니다. 06시 15분에 최초 사고가 목격되었고 어… 관리자가 119에 신고한 건 그로부터 10분 이후인 25분에 신고를 했습니다. 알고 계시죠? 대표님 이런 내용. 앞에 화면 보이지 않습니까? 바로 앞에.

전_강동석 예… 예.

한_윤건영 알고 계시죠?

전_강동석 ….

한_윤건영 답변을 좀 빨리해주시죠.

전_강동석 아… 예 예….

한_윤건영 좋습니다. 목격에서 신고까지 10분이나 걸릴 이유가 따로 있습니까? 예를 들어서 저희가 의심이 되는 건 사고 발생 시 SPL 공장에 매뉴얼이 119 신고가 아니라 관리자에게 연락하는 게 매뉴얼화 되어있는 게 아닌가라고 저희가 SPL에 자료요청을 했더니 자료 자체를 안 주셨어요. 대표님 답변해 보시죠. 짧게.

전_강동석 아… 그… 자료제출이 안 되었다는 사실은 제가 미처 인지를 못했구요. 이번 사건 같은 경우에는 현장에서 너무나 다급한 상황이었기 때문에….

한_윤건영 다급하면 119에 먼저 신고하지 관리자에게 신고해서 10분간 시간을 끌지 않지 않습니까?

전_강동석 그… 너무나 경황이 없었던 관계로 그… 현재 사고자를 어떻게든지 구조하고자 하는 그런 활동이 먼저 진행이 됐고….

한_윤건영 좋습니다. 그럼, 제가 확인하겠습니다. 관리자에게 먼저 연락하라는 매뉴얼은 없다는 말씀이시죠?

전_강동석 아닙니다. 제가….

한_윤건영 매뉴얼 있습니까? 없습니까?

전_강동석 제가 알기로는 비상 대응 매뉴얼이 갖추어져 있는 것으로 알고 있습니다.

한_윤건영 그 비상 대응 매뉴얼에 관리자에게 먼저 연락하라고 되어 있습니까? 없습니까? 그걸 묻는 겁니다.

전_강동석 그 부분은 제가 정확하게 여기서 답변 드리기가 어려울 것 같습니다.

한_윤건영 왜요?

전_강동석 그 부분은 제가 확인을 못 했습니다.

한_윤건영 확인하시고 바로 답변 주십시오. 현장에 휴대폰 미반입이 규정으로 되어있죠. 왜 그런가요?

전_강동석 오히려 휴대폰을 가지고 현장에 들어가는 것이 오히려 안전을 저해할 가능성이 높다고 판단했기에….

한_윤건영 그러면 유선 전화는 현장 작업장 내에 있습니까?

전_강동석 있습니다. 비상 전화가 있습니다.

한_윤건영 비상전화는 어디로 연결되어 있습니까?

전_강동석 비상전화는 그… 예 비상전화는 사무실로 연결되어 있는 것으로 알고있….

한_윤건영 그게 왜 사무실로 연결이 되어있어야 하죠? 비상 전화라면 119라든지 말 그대로 비상조치를 취할 수 있어야 하는 거 아닌가요?

김문희 이후로도 질의응답은 계속 이어졌는데요, 지금부터는 여러분의 목소리로 함께 읽어보겠습니다.

한현구와 전동근 태블릿과 마이크를 관객에게 전한다.

1_윤건영 아니 2인 1조 작업 대상인지 아닌지는 명확하게 규정에 나와 있는 거잖아요.

1_강동석 저희 내부 작업 표준서에 의하면, 소스 배합이라고 하는 일련의 공정을 두 사람이서 함께하는 작업으로 정의되어 있습니다.

1_윤건영 2인 1조죠?

1_강동석 2인 1조라고 단정 짓기 어렵고요, 그래서 말씀드렸다시피 이 부분에 대한 것은 현재 조사가 진행 중입니다.

2_윤건영 아니 조사가 진행 중이라고 답변 안 하실 게 아니라요, 있는 내용을 답변해주시면 됩니다. 다음 페이지 봐주십시오. 왼쪽에 있는 게 덮개를 설치한 배합기구요, 오른쪽에 있는 게 SPL 평택공장 배합기입니다. 덮개 설치 등 필요한 조치를 반드시 해야 합니다. 산업안전 보건상의 규칙에 의하면. 근데 이번에는 안 되어 있었습니다. 왜 이런 겁니까?

2_강동석 의원님, 죄송하지만 덮개는 철탁식으로 설치가 되어있었습니다. 저희가 작업 규정에 의하면 이 덮개를 덮고 작업하도록 규정되어 있습니다. 그런데….

2_윤건영 작업 당시에는요?

2_강동석 현재 사고가 난 작업 당시에는 이 덮개를 덮지 않고 현재….

3_윤건영 덮개를 덮지 않았다라는 답변은 작업자에게 책임을 전가하는 거예요.

3_강동석 그런 의도는 전혀 아니었습니다.

3_윤건영 아, 지금 대표님 말씀이 그렇게 몰아가고 있는 겁니다. 대표님 생각에는 그럼 누구 책임입니까? 이 책임이? 이 산재의 책임이? 작업자의 책임입니까?

4_강동석 그것 역시 말씀하신 대로 정확한 사고 원인에 대해서는 조사 중이기 때문에….

4_윤건영 아니 사고 원인에 대해서는 조사를 하더라도요, 산재 발생에 대한 책임을 덮개가 있는데도 안 덮었다고 하면 그건 관리를 하시는 회사의 책임입니까? 아니면 작업자의 책임입니까? 그걸 묻는 겁니다.

5_강동석 현재 조사 중인 사안에 대해서 제가 어떤 판단을 현재 미리 말씀드리는 것이 부적설해 보여서 의원님께서 양해….

4_윤건영 대표께서 판단을 이야기하라고 이 자리에 오신 거예요. 국정감사에 증인으로 오셔가지고 증인으로서 이야기하시라고 오신 겁니다.

6_강동석 예… 의원님 대단히 송구하지만….

5_윤건영 다음 페이지 보겠습니다. 많은 국민의 공분을 자아냈던 게, 동료가 사망한 곳에서 저렇게 비닐 천막을 쳐놓고 빵 만드는 작업을 재개한 겁니다. 이 작업재개 지시는 누가 내렸습니까?

6_강동석 이 부분에 대해서는….

5_윤건영 대표님 여기서 거짓말하시면 국회 증인 감정법에 의해서

처벌받습니다.

7_강동석 예… 예….

6_윤건영 정확하게 말씀하십시오.

7_강동석 이 부분에 대해서는… 모든 것이 저 대표이사의 책임입니다. 제가….

6_윤건영 대표께서 그럼 지시를 내렸습니까?

8_강동석 이 부분에 대한 사안 역시….

7_윤건영 아니 이 내용은 수사하고 상관이 없는 내용인 거예요. 도의적 책임인 거예요.

8_강동석 네 맞습니다.

7_윤건영 동료 사망하고 바로 옆에서 트라우마가 가시지도 않는데 작업을 시킨 건 누가 지시를 내렸냐는 거예요.

9_강동석 이 부분은 이 회사의 대표인 제가 책임지겠….

8_윤건영 도의적 책임은 당연히 지셔야 하죠. 작업지시를 누가 내렸냐는 겁니다. 그거 수사하고 상관없는 거잖아요. 누가 지시하셨어요?

9_강동석 ….

8_윤건영 대표님 답변을 하셔야죠?

9_강동석 ….

9_윤건영 대표님 알고 계시죠? 누가 지시했는지?

9_강동석 ….

9_윤건영 대표님!!

10_강동석 예.

10_윤건영 답변을 왜 안… 왜… 누가 지시했냐고 묻지 않습니까?

10_강동석 ….

10_윤건영 대표님?

11_강동석 예.

10_윤건영 답변을 못 하시면 못하시겠다. 못하시는 이유를 대시고 모르면 모른다고 이유를 대십시오.

12_강동석 너무나 송구스럽게도….

11_윤건영 답변을 못 하시겠어요?

12_강동석 ….

11_윤건영 spc 회장이 시킨 건가요?

13_강동석 이 건 관련해서는 저희 내부에서는 어떤 외압도 연락도 받은 적이 없습니 다.

허가연 그러면 대표님이 시켰어요?

14_강동석 ….

허가연 아침에 파리크로아상에 샌드위치 납품하려고 그런 거잖아요. 사람이 죽었는데 샌드위치 팔려고 동료가 사망한 곳에서 비닐천막 쳐두고 작업시킨 거 아닙니까?

김문희 인간이 일하다 죽지 않기 위해 필요한 것.

정혜윤 인간이 일하다 죽지 않기 위해 필요한 것.

권제인 법의 강화일까요? 제도의 개신일까요? 인식의 변화일까요?

전동근 우리는 왜 산업재해가 멈추지 않고 일어나는지 궁금했습니다.

한현구 이런 사고가 멈추지 않는 이유를 함께 고민해보고 싶었습니다.

6장. 토론

이다빈 여러분, 지금까지 우리나라에서 발생하고 있는 산업재해 사고들과 이로 인해 최근 시행된 중대재해처벌법 관련 이슈에 대하여 애기를 나눠보았습니다. 그리고 이제 이야기들에서 비롯된 여러분들의 생각을 저희와 함께 나눠보는 시간을 가져보면 좋을 것 같습니다. 우선 10분간 쉬는 시간을 가진 후에, 이야기를 시작해보려고 하는데요 그 전에, 어떻게 이야기를 나눌지 방식에 대한 설명을 먼저 드리겠습니다.

한현구 오늘 저희는 롤플레잉 토론의 형식을 빌려 진행해보려고 합니다. 토론, 다들 아시죠? 주제에 대해서 찬성과 반대의 입장으로 나누어서 진행을 할 건데, 저희가 이렇게 롤플레잉 토론을 준비한 이유는 내가 취하는 입장이 분명히 있음에도 상반된 입장의 시선으로 문제를 바라보고 생각해보는 기회를 제공하기 위해서입니다.

이다빈 오늘 토론의 주제는 중대재해처벌법을 둘러싼 논쟁 중 하나인 '사업장에서 사망사고 발생 시, 경영책임자를 처벌해야하는가?'입니다. 찬성과 반대의 입장은요, 제비뽑기를 통해 정해보겠습니다. 이 제비뽑기 종이에는 찬성과 반대 측의 발표자 역할 이외에도 3가지 역할이 포함되어 있습니다. 토론의 진행을 도와주실 '사회자', 토론내용을 기록해주실 '기록자', 각 팀의 발언시간을 체크해주실 '타임체커'가 포함되어 있습니다. (영상으로 역할 표시) 자 그럼, 다 같이 역할을 한번 뽑아볼까요? (배우들 나와서 관객들 역할 뽑도록 도와준다) 그리고, 찬성 측과 반대 측의 비율을 맞추기 위해서 저희들도 한번 따로 뽑아보겠습니다.

한현구 저희는 찬성 2명과 반대 2명, 토론의 중재를 도와줄 중재자 1명, 기록자 1명, 사진기사 1명을 뽑아보도록 하겠습니다. (배우들 뽑는다) 저희도 여러분들과 공평하게 지금, 무작위로 뽑겠습니다. 자 여러분 뽑으신 종이 한번 확인해 주시겠어요? 사회자, 기록자, 타임체커를 뽑으신 분들께는 저희가 쉬는 시간을 이용하여 역할별 설명 드리도록 하겠습니다.

이다빈 뽑은 카드에 '대표자'라고 적힌 분들이 계실 텐데요, 찬성팀 대표자님, 손 한번 들어주시겠어요? 반대팀 대표자님, 손 한번 들어주시겠어요? 각 팀의 대표분들입니다! 대표자분들은, 팀별 자유발언을 시작하기 전 기조발언과 자유발언 이후 최후발언을 하시게 될 겁니다. 찬성 측 뽑으신 분들 손 들어주시겠어요? 이름표와 물을 챙겨서 왼쪽 테이블로 이동해주시면 되겠습니다. 반대 측 뽑으신 분들은 이름표와 물 꼭 챙기셔서 오른쪽 테이블로 이동해 주시면 됩니다. 그밖에 다른 역할을 받으신 분들은 반대쪽 네 개의 좌석에 앉아주시면 됩니다. 그럼 지금 한번 이동해볼까요?

관객 이동.

이다빈 자 이제 10분간 쉬는 시간을 가진 후, 자리로 돌아와 주시면 됩니다! 편하게 쉬는 시간 가지시고, 저희가 준비해놓은 자료들, 미리 보내드린 자료들을 활용하여 토론 준비를 해주셔도 좋습니다! 그럼 잠시 후에 뵙겠습니다.

10분 쉬는 시간.

이다빈 쉬는 시간이 곧 종료될 예정입니다. 모두 착석해주시기 바랍니다. 곧 토론이 시작될 예정입니다. 토론을 시작하기에 앞서, 안내드릴 사항이 있는데요, 저희가 토론을 하는 이 과정들을 사진으로 기록을 남겨서 토론 종료 이후 〈산자의 권리〉 인스타그램에 업로드 될 예정입니다. 혹시 불편하신 분들은 저희에게 말씀해주시면 사진에 얼굴이 나오지 않도록 가려드리도록 하겠습니다. 그리고 기록자 분들이 기록을 해주실 텐데요, 발언 내용은 각자의 이름이 아니라 찬성 측, 반대 측으로만 기록될 예정입니다. 이제부터 토론 시작해보겠습니다. (사회자에게) 사회자님, 부탁드리겠습니다. (자리로 이동)

사회자 〈산자의 권리〉를 찾아주신 여러분, 오늘 이곳에 모여 주셔서 감사합니다. 저는 토론 진행을 맡은 '000(이름)'입니다. 앞서 말씀드렸다시피 오늘의 토론 주제는 '사업장에서 사망사고 발생 시, 경영책임자를 처벌해야 하는가?'입니다. '안전하게 일할 권리'는 누구에게나 보장돼야 하는 것인데, 우리 사회에서 어떻게 하면 지켜질 수 있을지 논의가 필요하다는 생각에서 토론회를 마련했습니다. 우리는 이 주제에 대해 심도 있게 토론하며, 각자의 견해를 나눌 것입니다. 본격적인 토론에 들어가기에 앞서서 토론 규칙에 대해서 간단히 설명 드리겠습니다. 팀별로 준비시간을 가진 후 대표들의 주장 제시가 1분간 진행됩니다. 대표 발언이 끝나면 자유발언이 진행되는데요. 10분씩 주어집니다. 자유발언이 끝나면 마무리 발언을 위한 협의시간을 드립니다. 대표들의 최후 발언이 끝남과 동시에 토론은 마무리됩니다. 이제 각 팀을 소개하겠습니다. (찬성팀을 손으로 가리켜 주세요) 찬성팀은 경영책임자를 처벌해야 한다는 입장을, (반대팀을 손으로 가리켜 주세요) 반대팀은 처벌하지 않아야 한다는 입장을 가지고 있습니다. 자 그럼 지금부터 토론을 시작하겠습니다. 먼저 기조발언을 준비할 시간 1분 30초씩 드리겠습니다. 팀원들과 머리를 맞대고 할 말 정리해주시면 됩니다. 그럼 타이머 작동 시작하겠습니다.

(1분 후) 네. 시간 다 됐습니다. 찬성팀 대표 먼저 자신들의 주장을 1분 이내로 제시해주시고 말이 끝나면 '이상입니다'라고 말해주시면 됩니다. 그 후 반대팀 대표도 같은 시간 동안 자신들의 주장을 제시해 주시기 바랍니다. 그럼 찬성 측 먼저 시작하겠습니다. (1분 후) 이제, 반대 측 시작해주세요.

(1분 후) 자, 이제 자유 발언 시간을 가질 차례입니다. 각 팀은 10분 동안 자유롭게 의견을 주고받을 수 있습니다. 양측 어디든 먼저 자유 발언을 시작해 주시기 바랍니다. 발언이 끝나면 "어떻게 생각하세요?"라고 상대팀에게 발언권을 넘겨주시기 바랍니다.

사회자, 뒤에 마련된 의자에 앉아서 토론 지켜본다.

(양측 모두의 10분이 끝난 후) 네, 발언 시간 끝났습니다. 자유 발언은 여기서 마치도록 하겠습니다. 많은 이야기들이 오갔는데요, 자 이제 각 팀별로 최후 발언을 준비해 주시면 되겠습니다. 1분 30초 드립니다. 준비가 끝나면, 먼저 반대팀 대표가 최종 주장 및 발언을 하실 예정입니다. 그 후 찬성팀 대표도 마찬가지로 진행하시면 됩니다. 그럼 타이머 작동 시작하겠습니다. (1분 후) 네. 다음으로 찬성 측 대표 발언 시작해주십시오. 타이머 시작. (1분 후) 네, 발언시간이 끝났습니다.

사회자, 자리에서 일어나 한 걸음 앞으로 나온다.

사회자 토론 시간이 모두 끝났습니다. 찬성팀과 반대팀 모두 각자의 주장을 논리적이고 열정적으로 제시하였습니다. 이 토론을 통해, 현재 발생하고 있는 산업재해사고들에 대해 생각해볼 수 있는 기회가 되었기를 바랍니다. 오늘 토론회를 마치겠습니다.

토론 종료.

허가연 네, 열띤 토론에 참여해주신 여러분 수고 많으셨습니다. 사회자 역할로 수고해주신 관객분께 박수 부탁드립니다. 기록자, 타임체커로 고생해주신 분들께도 박수 부탁드립니다. 찬성 측, 반대 측 여러분 수고하셨습니다. 저희 그럼, 관객 여러분 2-3분 정도, 오늘 이야기 나눠본 소감을 들어볼까요? (관객 2-3명 인터뷰) 좋은 소감 감사합니다.

권제인 오늘 산업재해를 주제로 저희가 생각을 한번 나눠보았는데요, 부족한 점이 있었더라도, 이 시간이 여러분들에게 산업재해에 대하여 다양한 사고를 해볼 수 있는 유의미한 시간이 되셨기를 바랍니다. 퇴장은 뒤쪽에 저희가 준비해 놓은 전시공간을 통해 해주시면 됩니다. 이상으로 〈산자의 권리〉 마치겠습니다. 여러분, 대단히 감사합니다! 배우들 관객에게 박수를 보내며 일어선다.

끝.

작가의 말 / 이희란

〈산 자의 권리〉는 대한민국에서 발생하는 산업재해의 현실을 소재로 하고 있다. 작가가 겪은 지극히 개인적인 일에서 출발한 이 이야기는 자본과 권력 앞에서 인간의 생명과 존엄이 위협당하는 대한민국의 현실을 조망한다. 일하다 죽지 않을 권리, 살아 있는 자들의 권리를 지켜내는 일은 우리가 할 수 있는 매우 기본적이고 인간적인 일이라는 생각으로 이 작품을 창작하게 되었다.

소공녀(消空女)

홍사빈 쓰고 연출

2023.11.01.-11.05
대학로 눈빛극장 초연
Blended on Theater

등장인물

오금지	여. 19살.	정단비 / 윤지우
살구	여. 19세.	최윤서
복길	남. 30세.	권도균
순이	여. 24세.	최영서 / 조수연
지훈	남. 28세.	오승백 / 김세훈
영호	남. 18세	권용찬
영식	남. 18세	지민제

그 외에도 등장하는 인물이 종종 있다.
지문의 예고 없이 '갑자기 치고 빠지는' 인물들의 대사가 속도감 있게 펼쳐져야 할 것이다. 오금지 배역을 맡은 배우를 제외한, 배우들은 소리나 이미지로 등장할 수도 있을 것이다. 영식 영호 배우는 검열관, 경찰 등등의 역할을 소화한다. 그리고 종종 죽는 배우들이 있다.

때

1940년

곳

대부분 어느 작은 극장

무대

빈 원형무대
테이블, 의자 등등 나무 질감의 소도구들이 많다.
대사와 함께 드러나야 할 장면의 그림이 배우들의 몸과 말을 통해 펼쳐진다. 빈 무대이면 효과는 더 크다.
빛
기본 무대의 전체조명이 필요하다.
허나, 전체적으로 밝은 분위기는 아니다.
장면마다 장면전환 조명이 필요하고, 암전은 극 중 세 번 등장한다.

0. 소공녀

관객들 자리에 앉아있다.
조명 어두워진다.
암전.
음악 언뜻언뜻 들린다. _ '춤추는 사이보그'
무대를 덮고 있던 막 열린다.
음악 천천히 새어 나온다.

'1940년, 어딘가에 작은 극장' 무대 위에 글자 새겨진다.

배우들 목각인형 하나 들고 무대 위에 서 있다.
무대 중앙 빛 들어온다.
배우들의 형상 또렷하게 보이기 시작한다.

복길 신사 숙녀 여러분 반갑습니다.
비련의 여주인공 금지의 처절한 복수를 다룬 통쾌한 신파극!
저는 이 극단의 단장이자 연출이자 작가이자 배우인
오복길!
오늘의 주인공을 소개합니다. 금지!

목각인형 인사한다.

복길 우리 극단의 간-판 스타!

모두 와-와!

짧은 사이.

살구 금지를 질투하는 부잣집 하인 살구!
지훈 금지를 사랑하는 부잣집 주인 지훈!
순이 금지를 도와주는 부잣집 하인 순이!
복길 금지의 오빠! 복길!
목각 비련의 주인공 금지!
복길 오빠는 어느 날 갑자기 해외로 돈을 벌겠다고 금지를
이웃사촌 집에 맡기고 떠나버린다.
호,식 가자!
복길 도통 소식이 없는 오빠.
목각 어딨어?
복길 행방불명된 오빠.
목각 어딨어?
복길 사촌들에게 괴롭힘을 당하던 금지.
호,식 네가 싫어!
복길 도저히 참지 못해 사촌의 금반지를 훔쳐
오빠를 찾아 나선다! 모두 가!
복길 못된 사촌들에게 쫓기는 금지.
호,식 거기 서!
복길 대궐 같은 부잣집에 숨어든다!
지훈 쏜-살 같이 나타나 그녀를 도와주는 도련님 지훈! 반했소!
당신에게.
목각 나는 아무것도 모르는 걸요.
지훈 알려줄게, 사랑!

목각 도련님의 사랑을 독차지한 금지!

살구 어느새 질투하기 시작한 부잣집 하인 살구!

저년을 죽이고 말겠어!

순이 금세 눈치 챈 부잣집 하인 순이! 내가 도와줄게!

살구 그렇담 불행하게 만드는 수밖에!

모두 이글이글.

살구 순이를 죽이고 금지에게 덮어씌운다.

순이 아이고 나 죽네.

지훈 지훈, 금지에게 실망하고!

목각 복수심에 불타는 금지!

모두 이글이글.

목각 너 죽고 나 죽자!

복길 처절한 결투장면!

살구 너 죽고 나 죽자!

목각 나 죽고 나 죽자!

살구 너 죽고 나 죽자!

목각 너 살고 나 죽겠다!

모두 빠각!

복길 결국 살구를 죽이고 말았어야 하는데 죽어버린 금지!

호,식 어쩌지?

복길 어쩐담! 관객 여러분! 정말 송구스럽게도, 주연 배우가 죽어버렸… 아니 다친 것 같기도 하고, 일단 금지는 죽었습니다. 이후에 사실 금지는 복수를 성공하고 지훈에게 쫓겨나 쓸쓸히 퇴장하는. 모두 새-드 엔딩! 복길 이오나! 모두 야유가 빗발친다!

복길 어쩐담. 모두 퇴장!

긴 사이.

복길 어쩐담.

금지 금지. 그래. 찾았다.

1. 복수심

극장 앞.
비가 내리고 있다.
복길, 허무하게 공연이 마무리되고
털레털레 우산을 갖고 걸어 나온다.
한 여자아이, 극장 앞에 허공을 바라보며 서 있다.
한 손엔 자기 몸집만 한 큰 가방이 있다.
복길, 담배에 불을 붙인다.

복길 어쩐담. 어쩐담. 당장 서른 밤 뒤엔 일본으로 가야 하는데. 모두에게 잘 될 거라고 장담하고 있었건만. 거지 같은 대접 더 이상 안 받나 싶었건만. 이 사실을 안다면 검열관이 가만있지 않을 거야. 큰 소리 여기저기 빵-빵 쳤는데 어쩐담. 어쩐담!

금지가 스윽-고개를 내리며 복길을 쳐다본다.
두 사람 눈 마주친다.
복길 다른 편으로 고개를 돌린다.
다시 스윽-고개를 돌려 금지를 바라보면,
여전히 쳐다보고 있는 금지.
복길 다른 편으로 고개를 돌린다.
다시 스윽- 고개를 돌려 금지를 바라보면
여전히 쳐다보고 있는 금지.
곧장 금지 앞으로 다가가는 복길.

복길 너 아까부터 거기 비 맞으면서 혼자 서 있네.

복길, 금지에게 우산 씌워준다.

금지 여기, 여기야. 내가 있어야 할 곳.
복길 몇 살이니?
금지 곧 스물.
복길 왜 안 가니?
금지 내가 할 말이야.
복길 일거리 필요하니 혹시?
금지 예를 들면?
복길 한 번 일해볼래? 여기서.
금지 무슨 일?
복길 배우!
금지 … 배우. 남을 속이고 거짓말로 등쳐먹고
돈을 버는 그런 일?
복길 과감하네. 합격일세. 그런데 다르지.
진심으로 사람들을 울리고 웃기는!
금지 그런데 왜?
복길 난 이 극단의 단장이자 연출이자 작가이자 가끔은 배우인 오복길이다. 다음 달에 일본으로 공연을 하러 가야 하는데 말이지. 괜찮다면, 일해볼래?
금지 아- 그래. (사이) 나한테 지금 복수보다 급한 일은 없는데.
복길 그거지! 복수… 좋아. 우리도 준비하고 있어, 복수. 금지의 처절한 복수를 다룬 통쾌한 신파극!
금지 그래?
복길 거기서 너는 주인공 금지.

금지 그래 이제부터 내 이름은 오-금지.

복길 어떨 땐 절절하게, 어떨 땐 생그럽게! 사람들을 울고 웃기며!

금지 울고 웃어보는 그런 마음, 그 마음이 태어난 이후로.

복길 금지가 태어난다!

금지 없었다. 아무런 감정을 못 느끼는.

복길 엉엉 울면서! 마치 그 시작을 알리듯!

금지 그런데 한 가지, 알 수 없는 마음이 누군가 나를 떠나자 태어났다. 예를 들면 세 살배기 갓난아기 때 오빠는.

복길 금지의 오빠는 금지를 남겨둔 채 먼 타국으로!

금지 오빠는 나를 버리고 떠났다. 미안한 표정을 지으며. 그때 나한테 처음으로 마음이라는 게 하나 태어났다! '복, 수, 심'

복길 '복, 수, 심'

금지 어딜 가나 성난 황소마냥 힘이 들어가 있었다.
그럴수록 사람들은 나를 멀리했고.

복길 금지를 항상 괴롭히던 못된 사촌!

금지 어디서부터 잘못된 걸까. 해결해야 하는데.

복길 금지는 어떤 선택을 하게 될까!

사이.

금지 나한테 마음을 쓰면 대개 불행해지거나 다쳤어. 내 곁에 있음 불행해질 거야. 네가 원하든 원치 않든 몸이 아파질 거고 널 사랑하는 사람들이 떠날지도 몰라. 그래도….

복길 그래도, 해봐야지. 우린 지금 여주인공이 필요하거든.

금지 그럼 나 이름 하나 빌려줄래?

복길 예를 들면?

금지 오-금지.

복길 오-금지. 좋은데? 얼마든지!

짧은 사이.

금지 오빠는 오래 전에 나를 버리고 도망갔습니다.
이름 하나 안 지어주곤. 돌아온다고 혼자 약속해놓곤.
그때 오빠가 떠나자, 처음으로 나에게 생겼던 마음.
복, 수, 심.
드디어 복수를 치를 기회가 생겼습니다.
이 사람의 이름은 복길.
복길 그래 잘 부탁한다. 내 이름은 다시 한 번, 오-복길.
금지 제 오빱니다.

짧은 사이.

복길 들어가자!
모두 읏-차!

2. 극단

극장 안,
사람들 옹기종기 모여 금지를 쳐다본다.

순이 안녕, 넌 누구니?
살구 얜 누구래?
금지 오-나는.
순이 가방엔 뭐가 들었니?
금지 칼, 총, 톱, 낫.
살구 주로 한 글자 무기를 선호하는구나.
순이 어디서 왔니?
금지 이 동네 저 동네 떠돌아다녔어.
살구 왜 왔어?
금지 복수하러.
순이 설마 금지?
살구 맞구만. 단장이 데려온다는 아이가.
순이 걱정 말라며 어떻게든 해보겠다더니.
복길 맞아. 첫눈에 알았지. 이 녀석이 금지를 맡게 될 거라는 것.
살구 제기랄. 주인공 한 번 해보나 싶었건만.
순이 반갑다. 같이 하기로 한 거야?
복길 오래전부터 지켜보던, 신인 배우.
금지 거짓말
복길 그래, 오늘 처음으로 그녀의 가능성을 봤지.
살구 무언가 있었구나.

순이 번쩍이는 가능성이.

복길 눈이 머는 줄.

금지 근데 왜! 나만 소개해? 오복길, 네 얘기 좀 해봐.

순이 난 김순이. 24살. 극단 들어온 지 3년 차. 네가 궁금해.

살구 난 살구. 20살. 극단에 들어온 지 1년 차. 네가 되게 질투나.

영호 나는 영호.

영식 나는 영식이.

호,식 우리는 쌍둥이. 극단 들어온 지 1달 차 막내에요.

영호 극단에서 비중이 작고,

영식 중간중간,

영호 잠깐잠깐 나와요.

복길 인물 소개 끝. 여하튼 신인 배우 오-금지. 우리는 연극을 만든다. 연극이라는 거 생소할 거다. 허나, 하다 보면 익숙해질 것. 공연을 조금이라도 봤다면 좋았겠지만,

금지 봤어. 방금.

복길 방금?

금지 배우, 죽었잖아.

복길 일동 박수.

짝, 짝, 짝. 박수 친다.

복길 그게 연기다. 그게 비로소 연기다. 어땠나?

금지 허접해.

복길 허접?

금지 허름하고 잡스러워.

복길 어원을 물어본 게 아닐 터.

금지 왜, 굳이, 슬픈 결말이야?

복길 비극에서 새-드 엔딩은 필수! 의심은 사절. 우린 올해 당당하게 조선 제일 연극 대회에서 1위를 수상했다. 그 말인즉슨 이제 우리 극단은 천황폐하에게 인정받은 명문 극단이란 뜻.

금지 그래서 일본에 가는구나.

복길 일동 박수.

짝, 짝, 짝. 박수 친다.

복길 눈치가 빠르군.

금지 너 일본 편이야?

복길 일동 집중.

짝. 한 번 박수 친다.

복길 시대가 어느 땐데 편을 나누나,

순이 먹고 살기도 바쁜데,

영호 사는 대로

영식 사는 거죠.

살구 왜, 비겁해? 왜, 우리가 역겹니? 왜?

짧은 사이.

금지 난 상관없어, 그런 거.

짧은 사이.

복길 일동 박수.

짝, 짝, 짝. 박수 친다.

복길 그럼 좋다. 한 번 일하기로 한 거 제대로-
지훈 뭔데 이리 시끌벅적.
순이 아니 이런.
살구 극단 대표 인기 배우.

순이, 살구 총-총-총 뒤로 물러선다.

지훈 이지훈이올시다.
복길 왔는가?
지훈 묵묵부답.
복길 왜 대답이 없는가?
지훈 묵묵부답.
복길 우리가 어떤 실수라도.
지훈 질문에 대한 답.
복길 왜 이리 소란스러운지! 그건 아마-
살구 신인 배우를 뽑았다고.
복길 얼쑤.
순이 외모도 출중할 터이니.
복길 얼쑤.
순,살 연기도 꽤나 준수하다.
복길 그건 아직.
지훈 근데, 내 허락 일절 없이.
복길 얼… 쑤… 미안하네. 그렇지만 도저히.

지훈 이해는 한다만 상대역인지라.

살구 시험을 봅시다.

순이 굳이 그럴 필요.

복길 그러기엔 아직.

호,식 아직. 아직. 아직

지훈 아직?

복길 아직….

지훈 됐소. 첫 번째! 어딨어. 어딨어. 어딨어. 여깄군. 여기 오기 전까지 어디서 뭘 했으며, 왜 배우가 되고 싶은지 상세하게 고하라.

금지 고아라서 그런지, 3살 때부터 혼자 밥을 먹었고,
10살 때까지는 물건을 훔치면서 살았고,
15살 때는 내가 좋다며 나를 괴롭히던 남자애를
죽였어. 곧바로 감옥에 들어갔지.

지훈 허!

금지 감옥에 들어가서 몇 년을 살다가 몰래 도망쳐 나왔어.

호,식 총-총-총-

금지 쫓기고 쫓기다 이 극장에 와서 공연을 봤지. 생각했어. 여기였구나. 그래, 복수를 할 수 있겠구나. '복. 수. 심' 복수만 할 수 있다면 뭐든지 해야지.

순,살 대단한 전사.

금지 내 마음이 어디까지 도와줄지는 모르겠지만.

지훈 허나 자고로 배우라면.

금지 니들이 내 복수만 도와줄 수 있다면.

순이 협동심.

금지 난 뭐든 할 수 있어.

살구 자신감.

금지 그게 설령 사람을 죽이는 거라도.

영호 포부.

금지 내가 바라는 건 단 하나야.

영식 단호함.

금지 가능할지는 모르겠지만.

복길 겸손함.

금지 나 도와줄 거야?

지훈 다 갖췄군. 대단하군, 대단해.

금지 시험, 뭐부터 시작할까.

지훈 두 번째! 연기를 한번 보자.

금지 어?

지훈 다들 모여.

복길 다들 모여.

전원 다들 모여.

지훈 무대 쓸어라.

호,식 예-.

지훈 보자, 보자, 대본 40쪽을 펼치면! 별안간 보이는 문장들!

살구 금지는 결국 도망치지만.

순이 의도치 않게 쫓기는 신세!

복길 우연치 않게 대궐 같은 집에 숨게 된 금지.

순이 다행이다. 아무도 없군.

살구 여기라면 괜찮을 거야.

복길 여기서부터 시작!-

금지 뭘 어떻게?

복길 뭘 어떻게 해야 할지를 모르는 금지. 지쳐 벽에 기댄다.

순이 그때 누군가 다가오는 소리.

호,식 뚜벅-뚜벅-

금지　뭘 어떻게 해야-

복길　해야 할지 모른 채 긴장한 금지.

살구　지훈 등장!

순이　지훈, 금지의 입을 손으로 막은 채 금지를 숨겨준다.

지훈　난 이 대궐 같은 집의 주인 지훈. 28세, 미남.

금지　그닥.

지훈　아니 아가씨, 어쩌다 이런 늦은 밤, 쫓기고 계-신지?

금지　말했잖아. 감옥에서 도망쳐 나와-

복길　탁월하다!- 인생을 감옥에 비유-

지훈　꽤 하는구나. 그럼.

모두, 즉흥 대사.

지훈　"당신은 누구-신지, 혹시 내 마음을 훔치러 온 겁니까."

금지　아- 나는 복수-….

복길　복길 오빠 찾아서 멀리멀리 가지요-!

영,식　대사 수정!

복길　이런 귀한 곳에 누추한 제가.

금지　이런 귀한 곳에 누추한 제가.

지훈　함부로 본인을 판단 마시오!

복길　호기심이 생긴 금지.

순이　뒤를 돌아 지훈을 돌아본다.

살구　그리곤 이내-

순,살　당신이 궁금해요.

지훈　지훈 생각보다 예쁜 금지의 용모에 반한다.

밤이 깊었으니- 일단 집 안으로 들어가시죠.

순,살 나 좀, 도와줄래요?

지훈 알려줄게. 사랑!

복길 아, 아- 그것이 두 사람의 첫 만남이었다.

지훈 그만, 그만! 이러다 정말 사랑에 빠지겠군.

금지 사랑? 나에게 필요한 건 복수. 오복길을 죽일 테야.

지훈 그래 사랑. 매력적이군.

금지 내 얘기 안 듣냐!

지훈 경중하다, 경중해! 대단하군!

나 배우 이지훈, 오랜만에 사랑에 빠진 것 같다!

금지 그럼, 나 오-금지. 도와줄 거야?

지훈 … 합격.

모두 얼쑤!

지훈 복수, 해보지 같이.

순,살 부럽다-

호,식 얼쑤!

복길 다음 날!

모두 웃차!

3. 선배

한창, 연습 중인 극장.
금지 주변으로 사람들 여전히 모여있다.

복길 오늘부터 서른 밤이 지나면, 우리는 일본으로 갑니다. 그러니 부디, 가열차게 연습을!-

일렬로 대형 맞춘다.

지훈 양손을 앞으로, 양손을 깍지 끼고,
배에 힘을 주고, 손을 배 위로.
배를 눌러 주며 강하게 하!-
모두 하!- 하!- 하!-
지훈 다음은 발레!
모두 얼쑤!
금지 오복길 몇 살이야?
살구 조용히 하고 연습이나 해!
금지 오복길 보통 몇 시에 자?
순이 몰라.
지훈 금지 잘한다! 금지 좋다! 하! 하! 하!

지훈을 가운데 두고 모두 원을 그리며 돈다.

금지 그렇게 하루,

지훈 금지는 탁월하구나!

모두 이틀,

지훈 금지는!

모두 사흘,

지훈 일취월장!

모두 일취월장!

지훈 배우는 상상력이 중요해. 장면을 그릴 줄 알아야 해. 도와줄까?

금지 싫어, 가! 그렇게 이상한 연습이 계속되다가-

복길 취침!

순,살,금 아이 졸려~

순이, 살구, 금지 모두 이불을 베고 눕는다.

살구 금지 넌 정말 여기에 왜 온 거니?

금지 말했잖아. 복수하려고.

순이 그렇구만.

살구 그래도 너 우리가 선배인 건 알지?

금지 선배?

살구 그래. 선배. 내가 너보다 삼백육십오일 밤 먼저 들어왔으니까. 이제부턴 존대해. 꼬박, 꼬박.

순이 꾸벅, 꾸벅.

금지 어떻게 하면 되는데?

살구 존대 모르니? -요,-습니다, 경어를 쓰란 말이다.

금지 알겠어, 요.

살구 겁먹기는 우리 그렇게 나쁜 사람은 아니야. 그렇지, 언니?

금지 순이 언니 자요.

순이 꾸벅, 꾸벅.

순이, 잔다.

살구 쳇.

지훈 오늘은 아리따운 금지의 연기 훈련.
나머지는 모두 호흡 훈련.
복수심에 불타오르는 금지.
어떤 마음일까?
생각해보자. 상대역으로 당장!
복길 네!
지훈 연습 시작!
모두 읏-차!
금지 오빠를 만나면 어떻게 복수할까.
매일 밤 상상했다. 뺨을 때릴까. 목을 졸라버릴까.
꼬집어야 하나 아니면 내 앞에서 무릎을 꿇고
손에서 피가 날 때까지 싹싹 빌게 할까.
지훈 잔혹해, 무자비해! 천재군!
살구 그렇지만! 저 녀석 대사도 안 뱉어 보았는걸요.
지훈 보나 마나 일취월장!
모두 일취월장!
복길 연습 끝, 취침!-
모두 아이 졸려~

순이, 살구, 금지 모두 이불을 베고 눕는다.

살구 네가 부러워. 모두의 관심을 받잖니.

금지 저는 그게 싫어요. 중요한 건 그게 아닌데.

순이 꾸벅, 꾸벅. 그래도 익숙해질 거야.

살구 좋을 때인 거야. 나도 네가 오기 전까진 그랬어.
좋았다. 언니도 그랬지?

순이 ….

금지 순이 언니, 눈 뜨고 자요.

살구 칫.

영식 다음 날!

영호 추운 겨울, 바람이 쌩-

영식 오늘 누구 한 명.

호,식 감기 들리겠구만!

지훈 그게 나다!

복길 오늘은, 지훈 배우가 아픈 관계로 장면 연습을 진행하겠다.

지훈 콜록콜록.

복길 살구하고 금지는 대사를 맞춰보고.

살,금 이러쿵, 저러쿵

순이 저는요?

복길 아 그래!… 순이가 도련님 역할 대신 맡아주도록.

순이 나, 이지훈…!

복길 나머지 배우들은 전단을 마저 그리도록!

모두 네!

지훈 콜록콜록, 틈틈이 봐줄 테니 자유롭게 연습하도록.

모두 네!

짧은 사이.

살구 이런 신출내기랑 무슨 연습을.
순이 왜 금지 잘하고 있는데.
금지 왜요, 언니?
살구 됐다. 해보자.
금지 네, 언니.
살구 자꾸 말끝마다 언니, 언니, 그러니까 무슨 내가 나이 많은 사람마냥 기분 아주, 좋은데?
순이 풉.
금지 왜요, 언니?
살구 여자 중엔 내가 막내였거든. 막내가 생겼다는 거, 기분, 오히려, 나쁘지 않은 것 같기도.
금지 감사합니다, 언니.
살구 됐고. 대본 펼쳐. 이 부분 '금지는 부잣집 도련님 지훈과 사랑에 빠진다.' '그걸 보곤 질투가 난 못된 하인 살구'
순이 착한 하인 순이를 죽이고, 퀙.
금지 금지에게 뒤집어 씌운다. 복수를 다짐하는 금지. 왜요?
순,살 응?
금지 모든 건 날 버리고 떠난 오빠, 때문이잖아요. 복수는 오복길에게!
살구 그렇긴 해. 난 그저 질투가 많은 여인일 뿐.
순이 옳소. 그럼 어쩌지?
금지 돌아오게 해야죠. 만나서 결판을 내야죠. 복수심에 불타는 금지!
지훈 엣헴, 엣헴. 소리내서 읽어라!
순,살 앗! 다시 연습!-

살구 “금지 네 이년 감히 지훈 오라버니를 탐내다니. 지훈 오라버니는 내 것이야!”

순이 “아, 아, 비극적인 남자 주인공 지훈. 내 미모에 여인들은 정신을 못 차리는구나.”

금지 “죄송합니다, 언니.”

살구 “말끝마다 언니, 언니. 정말 못 들어주겠군.”
사실 나한테는 해도 괜찮아. 듣기에 나쁘진 않거든.

순이 살구 착해.

금지 “제가 뭘 더 어떻게 하면 좋을까요. 언니!”

순이 조금 더 강하게!

금지 “제가 뭘 더 어떻게 하면 좋을까요. 언니!”

순이 좋구만!

금지 “제가 뭘 더 어떻게 하면 좋을까요. 언니!”

살구 “어떻게 하긴 뭘 해!

금지 “언니!”

살구 “금지는 딱 봐도 아무것도 못 하는 머저리. 철천지 고아 같은 병신새끼 어디서 자꾸 끼어들어.” 어휴, 근데 이거 말이 좀 심한 것 같네. 나도 사실 고아다. 밭에서 주워왔다고 사람들이 살구라고 불렀어. 태어날 때부터 어무니 아부지가 없었어.

금지 저도예요.

살구 어?

금지 저도 태어날 때부터 어무니 아부지가 없었어요. 오빠가 한 명 있었는데 저를 버리고 떠났어요. 칫.

순이 아이고.

살구 이런 개자식을 봤나. 어쩜 그럴 수가 있어? 유일 피붙이 한 명 버리고 떠나면 그게 사람이야? 찢어 죽여도 모자를 놈.

금지 찢어 죽이는 게 나으려나요?

순이 차라리 태워 죽여.

금지 그게 더 좋겠다!

살구 금지야, 복수해! 성공해서 복수해!

지훈 연습해. 연기도 못하는 것들이, 연습해.

순,살 앗! 다시 연습!-

살구 "처음 봤을 때부터 마음에 안 들었어. 네가 들어온 이후로 되는 일이 없어. 매번 분위기만 흐리고, 도움도 안 되는 게 어디서 맨날 끼어들어!"

금지 "흑, 흑. 흑, 흑."

살구 "울긴 왜 울어! 뭘 잘했다고"

금지 "잘해야만 우나요! 사람이 슬프면 눈물도 나는 거지!"

순이 "그만들 하게! 나를 두고 싸우는 일."

살구 그래!

지훈 엣헴, 엣헴!

살구 어떻게 사람이 잘해야만 눈물이 나. 이지훈 저 개 같은 놈, 시벌놈. 연기 못한다고 사람 핀잔이나 주고, 저런 육씨랄 놈을 좋아해야 하는 역할이라니!

지훈 갑작스레 사람 면전에 대고 저런 욕을 내뱉을 수 있는 거구나!

살구 너랑 나… 무언가 통하는구나 느껴져. 사실 처음 봤을 때부터 네가 마음에 들었어.

금지 감사해요, 언니.

지훈 나랑 연습하자, 금지야!

살구 울어 금지야. 울고 싶음 울고 웃고 싶음 웃어. 그게 인생이야. 그게 연극이야.

금지 네.

지훈 나 다 나왔다! "거기 둘! 지금 뭐 하는 건가!"

살금 연습하잖아요!

지훈 이것은 내 대사다!

살금 앗차차차….

살,금 두 여인의 기가 막힌 몸싸움!

지훈 처절한 결투 장면!

살구 너 죽고 나 죽자!

금지 너 죽고 나 죽자!

살,금 너 죽고 나 죽자!

지훈 됐다, 그만해라. 충분한 것 같으니. 콜록콜록

복길 자, 자! 집중. 오늘은 검열관님들이 오시는 날입니다.

지훈 무어라, 이거 놔라 이놈들아!

복길 저번에 있었던 공연의 실수를 만회하고 절대적으로 일본으로 공연을 갑시다!
영호, 영식!

호,식 네, 단장님!

복길 시간 다 되었으니 모시고 오도록!

영호, 영식 각각 상하수로 퇴장.

4. 쉬는 시간

금지 늦은 새벽, 새로 바뀐 대본을 연습하고 모두들 느지막이 짐을 싸고 있었다.

모두 주섬주섬.

금지 이상하다, 마음이. 이상하다, 내 마음.
내 마음은 어디로 가는 걸까?
내일 아침, 일본으로 가는 배 안에서는
조금이라도 나아질까?
지금 내 마음은 뭘까?
어디 갔지, 내 복, 수, 심.
그러다-

복길 어쩐담, 어쩐담.

지훈 무슨 일이게요?

복길 노래가, 노래가 나오질 않아!

순이 목이 잼긴 거야?

살구 그러기에! 담배 좀 끊으래두!

복길 아니 얘!

복길, 카세트테이프 들어서 보여준다!

금지 거봐. 내 말 맞지?

복길 지금 그게 중요해? 당장 몇 시간 뒤면 출발해야 하는데!

어쩐담, 어쩐담.

모두 어쩐담, 어쩐담. (계속 반복)

순이 가자!

지훈 그냥 떠나자, 구?

순이 아니, 고치고 올게!

금지 순이 언닌 저렇게 매번 나서서, 꼭.

순이 방법이 있거든, 좋아하진 않지만.

금지 매번 문제를 해결해주곤 했다. 아무 문제도 없었던 것 마냥.

살구 지금 이 시간에 어딜 가서 저걸 고쳐. 그냥 새로 하나 사자니까!

순이 갈게!

금지 순이 언니가 내 손을 잡고 뛴다.

순이 금지야, 나 좀 도와줄래?

금지 평생 도와줘 본 적이 없는데, 누군가를.

순이 쉬워. 자전거만 타면 돼.

금지 저 타본 적이 없는데….

순이 발로 밀면 돼. 그냥 죽어라 밀면 돼.

금지 순이 언니가 나를 번쩍 들어서!

모두 즉흥대사!

순이 자전거 위로 금지를.

살구 올린다!

지훈 양발로, 페달을

복길 하나, 둘. 하나, 둘

금지 하나, 둘. 하나, 둘

모두 하나, 둘. 하나, 둘

순이　옳지! 오른발, 왼발.

금지　오른발, 왼발.

모두　오른발, 왼발.

순이　간다!

복길　바로 항구로 와!

모두　잘 가!

금지　내가 무언가를 돕는다.

금지, 자전거 페달을 죽어라 밟는다.
순이, 금지 뒤에 앉아 이리저리 둘러본다.

살구　마을 입구를 지나,

순이　왼쪽!

금지　왼쪽으로 자전거를 꺾어!

복길　비탈길을 열 개는 지나,

모두　둘, 넷, 여섯, 여덟, 열!

순이　오른쪽!

금지　오른쪽으로 자전거를 꺾어!

지훈　산을 하나 넘어서-

모두　읏-차!

순이　빠르게 달리다 보면,

금지와 순이 자전거를 타고 가며 넘어질 뻔하기도 하고,
내려서 자전거를 끌고 가기도 하고,
아무런 표정 없이, 그저 집으로 자전거를 끌고 달려간다.

살구　지나가면서 흘긋-

복길 바다라는 걸 보고,

모두 와, 예쁘다

금지 크고 넓었어. 별생각을 다 했지.

지훈 아 저게 파도구나.

금지 씩씩하고 힘찼어.

복길 아 저게 바위구나.

살구 아 저게 자갈이구나.

금지 조금 더 작네.

호,식 아 저게 모래구나.

살구 후- 하고 불어보면

금지 다 부서지면 저런 모양일까. … 이런 생각을 할 때,

순이 천천히 속도를 낮추다 보면, 우리는 어느새 동네에 도착할 수 있었다.

짧은 사이.

순이 저기!

사이.

두 사람, 자전거에서 내린다.

금지 여긴 어디예요?

순이 우리…집!

금지 만물상?

순이 우리 아빠가 하는 만물상.

금지 근데 왜 같이 안 살아요?

짧은 사이.

폭죽소리 들린다.

순이 폭죽 터뜨리나 보다.

금지 폭죽?

순이 일본애들이 우리 눈 돌리려고 가져온 거. 그래도 보다 보면… 마음이 나쁘진 않거든. 지금은 일단 급하니까, 갔다 올게!

사이.

순이, 카세트 들고 집 안으로 들어간다.

금지 한참을 서 있다가,

집 안에서 음악소리 들린다.

금지, 대사 읊어본다.

금지 금지를 두고 떠난 오빠.
난 가만있지 않을 거야.
더 이상 가만있지 않을 거야.
복수를 다짐하는 금지, …
복수를 다짐하는 금지. "복, 수, 심."

짧은 사이.

순이 카세트 들고 나온다.

표정, 읽을 수 없다.

이내 금지를 바라보다,

순이 다 고쳤어… 가자!

짧은 사이.
두 사람, 다시 자전거에 올라탄다.
이번엔 순이가 자전거를 몬다.
천천히 달리는 자전거.
두 사람 한참 말없이 달리다가,

순이 궁금한 거… 많지?
금지 음… 네.
순이 아부지는 많이 아프고, 나는 연극을 하고 싶은데 아부지는 돌봐야 하고. 그래서 아부지는 마음이 아프고 그래서 약속했어, 서로 각자 잘- 살자고. 이해 안 되지? 오늘은 아부지가 오랜만에 날 도와줬네.
금지 언니, 울어요? … 더 안 물어볼게요.
순이 사람들한텐 말하지 마.
금지 뭘요?
순이 나 운 거.
금지 왜요?
순이 그냥, 걱정할까봐.
순이 살다 보면 사실 계속 아파.
점점 아프고 그게 고물 쌓이듯이 쌓여.
안타까워할 시간이 어딨니. 내 인생을 살아야지.
사랑도 좋고 복수도 좋지.
근데 네 마음이어야 해 금지야.
다른 사람한테 갖는 마음이 아니라.
너로 살아야 해 금지야. 갈까? … 가자!

다시 자전거에 타는 두 사람.

빠르게 달린다.
순이가 이번에도 자전거를 몰고 있다.

순이 저기 봐! … 같이 보면 좋을 텐데!
금지 … 그러게요!

두 사람 달리다 보니 어느새 극장 앞.
자전거에서 내리는 두 사람.

순이 여기, 선물.

순이, 금지에게 작은 폭죽 내민다.

금지 … ?
순이 아까 네가 봤던 거. 옛날에 똑같은 행사할 때 하나 훔쳐 왔지.
금지 그러면 안 되는 거잖아요.
순이 너도 열 살 때 그랬다며. 나도 그랬었다 왜?
금지 …. (씨익 웃는다)
순이 폭죽은 원래 선물하는 게 아닌데.
금지 왜요?
순이 아-주 짧은 '찰나'를 뜻하거든. 다들 기다리겠다. 들어갈게.

사이.

금지 찰나, 오랜만에 들어보는 단어였다.
찰나 그리고 순간. 순간들이 모여 시간이 되고,

시간들이 모여 내 작은 인생이 된다.
여기 있다 보니까 점점.
날 버리고 떠난 오빠가 이해될 것 같아서 싫었다.
흐려지면 안 되는데.
돌아오면서 폭죽을 보던 언니는 무슨 생각을 했을까.

순이 아무 생각 안 했어.

금지 아하-

길-게 들려오는 뱃고동 소리.

복길 우리는 배에 타서

살구 한참을 아무 말 없이 서 있었어.

지훈 긴장한 탓일까.

순이 멍-하니 서 있었어. 그러다-

복길 자! 조금 있으면 우린 일본에 도착합니다! 행복한 마음으로 합시다!

5. 셋업

금지 늦은 밤, 우린 숙소에 도착했다. 내일이면 일본에서의 공연은 끝난다. 검열관의 안내에 따라 여자, 남자로 나뉘어 방으로 들어갔다.

무대 90도 돌아간다.
정 가운데 지름을 질러 가림막 쳐져있다.
여자 숙소와 남자 숙소. 모두 가방을 내려놓는다.

금지 내가 지금 해야 하는 건 집중. 오로지 복수. 되새기자. 합!
순이 오늘 따라 금지가 말이 없네.
살구 자고로 배우라면 목을 아껴야 하는 법!
순이 주인공이라면 더 더욱이! 그래도… 금지가 있었으니 망정이지. 공연도 못 올릴 뻔했네!
금지 ….
검열관1 몸과 마음 단정히 준비하는 밤이 되도록!
금지 합!
복길 금지가 오늘따라 말이 없네.
지훈 어디 아픈가, 아프면 안 될 텐데. 우리 주인공, 오-금지.
복길 처음에는 걱정 많았는데… 금지가 있어 다행이야 참.
검열관2 내일이면 너희들은 조선에서 인정받는 극단이 될 거다!
순이 금지, 너는 공연이 끝나면 뭘 하고 싶니?
금지 복수,
살구 뭘 해도 좋을 거야. 그치?

금지 해야 하는데.

순이 근데 저 검열관 놈 참 말 많네!

살구 언제 가려나? 계속 기웃-기웃.

금지 복수, 내가 정말 할 수 있을까?

검열관1 내일은 천황폐하께서 직접 관람하시니, 특히나 신중을 가하도록! 살구, 살구, 살구! 특히나 지켜보겠다. 모두 좋은 연극을 위하여!

금지 좋은 연극. 그래 그건 뭘까.

사이.

검열관1,2 모두 취침!

반 조명.
금지와 복길.
뒤척이다가 이내 복도로 나온다.
금지 처음 극장에서 복길을 봤을 때 마냥.
한참을 복길을 보고 서 있는다.

복길 왜? 떨려?

금지 응, 떨려.

복길 너도 이럴 때 보면 정말 애구나.

금지 물어볼 게 있거든.

복길 뭔데? 뭐든지!

금지 질문 세 개 할 거야.

복길 그럼 첫 번째.

금지 좋은 연극이란 거 뭐야?

복길 음… 배우 본인도 스스로를 속일 정도의 엄청난 연기와, 멋진 대사! 그리고 그걸 감탄하며 바라보는 관객들. 이런 게- 좋은 연극이 될 수도 있지만, 내 생각엔, 보면서 뭐라도 소중해진다면 그게 좋은 연극 아닐까?

금지 난 소중하기 싫었는데. 소중하면 자꾸 다쳐.

복길 그래도 점점 그렇게 될 걸. 그게! 연극이니까.

금지 그럼 두 번째. 나 배우로서 어땠어?

복길 외로워 보였어, 처음엔. 근데 점점 네가 사람들하고 어울리고 사랑받는 모습을 보니 기뻤어. 내 생각이 틀리진 않았구나, 안심했어. 그리고 연기도- 점점 좋아졌고.

금지 … 내 연기 나쁘진 않았어?

복길 오늘의 주인공! 오-금지. 탁월했어. 네가 있었기에 우린 좋은 연극을 한 거지.

금지 다행이네. 나도 꽤 좋은 연극을 한 거구나. 근데 신파극이라는 거, 이거 여전히 신경 쓰여. 비겁해

사이.

복길 무슨 소리야?

금지 내 얘기도 해줄게, 똑같이 세 개 정도.
하나, 오빠가 있었어. 근데 내가 세 살 때 날 버리고 갔어. 난 아직도 그게 기억에 남아.
둘, 내가 세 살 때부터 혼자서 밥을 잘 먹은 건 그 오빠 덕분이야. 아무도 날 신경 쓰지 않았거든. 날 버리고 갈 땐 돌아오겠다고 약속해놓고 아직도 안 돌아오고 있어.
셋, 근데 그게 넌데, 자꾸 모른 척 해.

짧은 사이.

복길 무슨 소린지 도통.

금지 말했지. … 배우라는 거 남을 속이고.

복길 거짓말로 등쳐먹고 돈을 버는 그런 일? 착각이겠지. 세상에 복길이란 이름이 얼마나 많은데.

금지 성까지 똑같고 나이도 똑같은데. 온 동네를 돌아다니면서 찾아도 그런 사람은 없었는데.

복길 우연이겠지.

금지 참- 쉽게 나오는 말이구나. 우연이겠지, 너는.

복길 난 지금 내가 네 오빠가 아니라고 다른 말로 몇 번째 말하는 중이야.

금지 나는 네가 내 오빠라고 서른 밤 째 말하는 중이야.

복길 그렇게 믿고 싶은 거겠지.

금지 너랑 이런 걸로 다투려고 온 게 아니야. 난 그저 복수하려고 온 거지. 모른 척하는 모습을 보니 부아가 치밀어.

복길 정확히 아니라고 말했어. 네가 그렇게 믿고 싶은 게 아닌 이상.

금지 내가 그렇게 믿고 싶다….

복길 몇 년을 찾아 헤맸니, 몇 번을 실망했었니. 그러다 내가 맞다는 생각을 했겠지.

금지 맞아.

복길 뭔가 비슷했겠지.

금지 맞아.

복길 확인해보고 싶었겠지.

금지 맞아.

복길 근데 난 아니라는 말이야.

금지 아니면… 안 돼. 얼마나 연극이 오빠한테 소중하고 값지다는 건 알겠어. 같이 있다 보니까 알겠어. 그래서 기다렸어 여태. 그러니까 일본 갔다 오면. 꼭, 꼭, 복수할게.

복길 이름.

금지 오금지.

복길 이름.

금지 오-금지.

복길 이름.

금지 없어. 그런 거.

복길 생각할수록 모르겠어.

금지 그네를 탄 것처럼 붕 떴어. 오빠가 나를 들어 올렸지.

복길 너랑 그네를 탔구나.

금지 오빠가 나를 들어 올렸지.

복길 ….

금지 그네를 탄 것처럼 휙- 들어 올렸어.

복길 기억하지 마.

금지 그리곤 날 내던지려 했어.

복길 아이고.

금지 그리곤, 나를 내려놓고 꼭 돌아올게.
내가 돈 많이 벌어서 꼭 돌아올게. 그랬어.
그렇게 나 버리고 살았을 거면 잘 살지.
하필이면 새드엔딩 신파극을.

복길 그만한 이야기가 없거든 세상엔. 그게 진짜거든.

사이.

복길 늦었다. 자라. 그리고 난 네 오빠 아니야. 아니어야 하고, 아닐 거야.

사이.
복길 방 안으로 들어간다.
복길이 들어가자 뒤이어
지훈, 나온다.

지훈 울었니?
금지 비 맞았어요.

짧은 사이.

금지 이거… 결말 참 맘에 안 들어요.
지훈 왜?
금지 해피-엔딩은 안 되려나요.
지훈 안 될 거 없지. 근데 나는 나름 해피엔딩이라고 보는데.

금지, 지훈을 바라본다.

지훈 결국 오빠는 돌아오지 않고 금지 홀로 남아 사촌에게 끌려가는 게 어찌 보면 비극적일지도 모르지. 그렇지만. 다시 새로운 삶을 시작할 거라는 어떤 작은 희망이 될 수도 있지 않겠니?
금지 그건 생각 못해봤네요.
지훈 중요한 건 금지, 네가 사랑받고 있다는 거지.
난 네가 사람을 죽여도… 그만한 이유가 있다고 생각했어.
네가 나쁜 아인 아니잖니. 내가 지켜본 너는 너무 외로워

보였어. 자꾸 도와주고 싶고 알려주고 싶고.
만일… 돌아간다면 진지하게 나와 만남을 가져 보는 건 어때?

금지, 다시 지훈을 외면한다.

금지 나한테 왜 이렇게 잘해줘요? 진짜 내 오빠인 것 마냥. 나한테 마음을 쓰면 대개 불행해지거나 다쳐요. 내 곁에 있음 불행해질 거예요. 원하든 원치 않든 몸이 아파질 거고 사랑하는 사람들이 떠날지도 몰라요. 그래도….

지훈 그래도… 좋을 것 같은데. 네가 여전히 혼자라면 너무 쓸쓸하잖니.

금지 감사합니다.

지훈 엔딩보단, 나는 사실 대사를 하나 바꾸고 싶은데. '알려줄게 사랑.' 이 부분 말이야. 굳이 말을 했어야 하나… 사랑이라는 대사 없이도 사랑을 표현해야 연극 아니겠니. 얼른 들어가서 자라.

금지, 고개를 숙여 인사한다.
지훈, 미소 짓는다.
서로 각자의 방을 돌아간다.
암전.

6. 공연

들려오는 음악소리,
박장대소, 박수소리, 휘파람 소리.

복길 신사숙녀 여러분 반갑습니다.
뻔-한 이야기와는 다른, 처절한 복수 이야기를 다룬 통쾌한 신파극!
떠나버린 오빠. 사촌의 집에 맡겨진 금지. 사촌들에게 괴롭힘을 당하는 금지.
결국 도망친 금지, 도련님 지훈과 사랑에 빠지는데 그걸 질투하는 못된 하인 살구.
금지를 도와주는 착한 하인 순이!

복길 어찌 되었건! 공연은 성황리에 진행 중! 저 멀리 보이는 천황폐하는 웃는지 눈살을 찌푸린 건지 알 수 없으나!
우린 계속해서 진행 중!

지훈 아, 아! 여인들이 나 때문에 심기가 불편하구나! 이 외로운 마음 어쩔 수 없이 술로 달랜다. 벌컥벌컥

복길 고개를 돌려 맥주를 들이키는 지훈! 지금 시각 금지, 금지는 마음씨 좋은 하인의 방에 놀러 간다! 죽어있는 하인!
금지 놀라서 비명을 지른다!

살구 �! (짧게)

복길 다시 무대에 등장하는 금지! 나오지 않는 금지?

살구 꺄! (짧게)

복길 가만 보자, 이건 금지의 비명이 아니라! 한 치 앞을 알 수가 없는 무대! 적막에 휩싸인다!

무대 뒤편으로 들어가는 복길.

무대 180도 돌아간다.

살구 꺄! (아주 길게!)

반쯤 죽어있는 검열관1

어깨에 칼을 수어-차례 맞아있다.

칼을 들고 씩씩거리며 서 있는 금지.

검열관1 피를 흘리며 쓰러져 있다.

검열관1 얼굴과 몸 여기저기에 피 묻어있다.

금지, 역시 온몸 구석구석 피투성이다.

복길 금지야.

검열관1 뭣도 아닌 조선인 계집년이 감히, 감히.

금지 뭣도 아닌 일본인 검열관이 감히, 감히.

금지 칼을 떨어뜨린다.

복길 금지야.

금지 저 개자식이, 살구언니를, 살구언니를, (겁탈하려 했어요) 어제부터 저희 방을 서성거리더니.

복길 금지야. 안 돼.

금지 저 때문에. 공연, 어떡해요?

복길 어떡하긴 해야지!

살구 꺄! (아주 길게)

무대로 다시 나오는 복길.
무대 180도 돌아간다.

복길 여전히 적막에 휩싸인 무대!

금지, 복수를 다짐하며 앞에 선다.

금지 나는 가만있지 않을 거야. 더 이상 가만있지 않을 거야.
복길 그렇다고 가만히만 있을쏘냐? 뒤이어 등장하는 못된 하인!

살구 머리채 잡힌 채, 검열관1에게 끌려 나온다.
검열관1 한 손에는 나무망치가 들려있다.

검열관1 감히! 감히! 조선인 계집년이!

검열관1 살구를 내팽개치고 금지에게 다가간다.
검열관1 금지에게 다가가자 지훈 금지에 앞에 선다.
검열관1 스윽-보더니 지훈의 맥주병을 빼앗아 지훈의 머리를 내려 친다.
주륵-머리에서 피가 흐르는 지훈.

지훈 아이고, 아이고.
금지 지훈 오빠.
지훈 아, 뜨겁다
검열관1 네가 이년 남편 되는 놈이냐? 교육을 잘못시켰구나. 그럼 네가 대신 벌을 좀 받아라.

지훈 예, 잘못했습니다. 무사히 돌아가게만 해주십쇼.

검열관1 그래, 그럼 네가 대신 맞아라.

검열관1 나무망치로 지훈의 머리를 때린다.

지훈 턴테이블 무대를 천천히 돌며, 맞는다.

턴테이블 끝을 따라 걷는 지훈에 뒤에서 때리는 검열관1.

검열관1 한-대!

복,살 아이고.

금지 지훈 오빠.

지훈 금지, 너 매번 그렇게 아무런 표정 없이.

검열관1 두-대!

금지 지훈 오빠.

지훈 하여튼 오-금지.

검열관1 세-대!

금지 난 아무것도 몰라요.

지훈 난 네가 뭘 하든.

검열관1 네-대!

금지 난 아무것도 몰라요.

지훈 그만한 이유가 있다고 생각해.

검열관1 다섯-대!

복,살 아이고.

금지 난 아무것도 모르는 걸요.

지훈 그러니까.

턴테이블 양 끝에 나란히 선 지훈과 금지.

서로를 바라본다.

지훈 알려줄게, 사랑.

턴테이블 상수 끝자락, 머리에 피를 흘리고 있는 지훈.
갸우뚱-하다 턴테이블 밖으로 쓰러진다.
검열관2 지훈을 바로 받아, 지훈을 끌고 간다.

7. 스트라이크

복길 공연이 다 끝나기도 전에, 우리는 경시청으로 끌려갔다. 재판 아닌 재판을 받았다. 모두 두들겨 맞을 대로 맞았다,

금지 순이 언니는 맞다가, 맞다가 눈을 부릅뜨기도 힘들었다.

순이 우리는 정신이 나가서, 꾸벅, 꾸벅. 고개만 꾸벅, 꾸벅.

경찰 모두 낱낱이 말하도록. 거짓을 말하면 죽고, 바른말을 해도 만신창이.

복길 우린 고개만 꾸벅.

경찰 일단 저 여자애. 저 여자애가 칼로 찔렀군.

복길 고개만 꾸벅.

살구 아뇨. 제가 죽였어요. 제가 죽였어요.

복길 꾸벅.

경찰 여자 혼자서 검열관을 죽였다고?

복길 꾸벅.

순이 여자 둘이서요.

경찰 그럼 저 여자애? 저렇게나 피가 많이 묻은 여자애? 이름.

금지 오-금지.

경찰 그래, 오-금지.

순이 오-금지 말고 나. 김순이. 나랑 살구. 우리 둘이 그랬어요.

금지 아닌데, 정말 아닌데.

살구 언니, 안 자네.

순이 꾸벅, 꾸벅. 점점 눈이 감기네.

경찰 아무리 그래도 오-금지 의심스럽네.

복길 고개도 못 들고.

경찰 오-금지!

살구 오-금지는 아무것도 못 하는 머저리.
철천지 고아 같은 병신새끼 어디서 끼어들어.

살구, 금지를 바라본다.

살구 처음 봤을 때부터 마음에 안 들었어.
네가 들어온 이후로 되는 일이 없어. 매번 분위기만 흐리고,
도움도 안 되는 게 맨날 끼어들어.
너 같은 게 사람이나 죽일 수 있겠어?
선배가 맞다고 하면 맞는 거야.

금지, 살구를 바라본다.
살구 웃는다.

살구 그치?

금지 그치.

긴 사이.
살구와 순이 천천히 일어난다.
경찰1,2에게 끌려 나간다.
금지와 복길 무대에 남는다.

금지 살구 언니와 순이 언니는 어딘가로 끌려갔습니다.

복길 그리고 우리는 쫓기듯 배에 실려 다시 조선으로 돌아왔습니다.

금지와 복길 둘 다 가방을 끌어안고 배에 올라탄다.
경적 울리는 소리.
배가 양쪽으로 기운다.
두 사람 양쪽으로 흔들-흔들 기운다.

두 사람 아무런 표정 없이 말 한마디 없다.
배가 앞뒤로 기운다.
꾸벅, 꾸벅 자꾸 고개가 기운다.
이내,

금지 이 와중에 잠이 오네.
복길 미안하네. 내가 아무것도 못 했네.

복길 손수건을 꺼내 금지의 피투성이 얼굴 닦아준다.
계속해서 닦아주며,

금지 우리 오빠도 그랬지. 돌아온다면서.
복길 잘 될 거라면서 약속했는데. 모두에게.
금지 언니들은 어떻게 되었을까.
복길 다-
금지 지훈이 오빠처럼.
복길 죽지만 않았으면 좋겠다.

사이.

금지 이런 말들이 오고 가지 않았을까 생각이 듭니다.

8. 뒷풀이

금지, 다시 돌아온 항구.
짧은 사이.

복길 영호와 영식이는.

영호와 영식,
무대 상 하수 등 퇴장로에 고개 빼꼼 내밀곤,

영식 더 이상 연극을 하는 게 무슨 의밀까요?
영호 죄송합니다!
영식 죄송합니다!
호,식 너무 무서워요! 죄송했습니다.
복,금 잘 가-

영호, 영식 퇴장.

복길 정말… 정말, 비극이네.
금지 다 끝난 거지 이제?
복길 아마도.
금지 복수, 그냥 안 할래.
복길 이번엔 왜 그렇게 생각했어?
금지 병신 같이 그렇게 가만히 서 있는 너. 그럴 리가 없을 텐데, 네가 정말 내 오빠라면. 정말, 정말로 내가 착각한 게 아닐까?

복길 이젠 나도 모르겠다.

금지 스스로 약속한 게 있어. 어른이 될 때까지 오빠를 못 찾으면 죽어버리겠다고.

복길 왜 그런 약속을 했니?

금지 기대할까 봐.

사이.

금지 잘 있어.

복길 어디 가?

금지 몰라.

복길 어디로 가?

금지 정말 몰라.

복길 있잖아….

짧은 사이.

복길 죽지 마.

금지 넌 죽어도 싸. 내 오빠도 아닌 게. 비겁한 새끼.

복길 그래. 가방에 뭐가 들었다고 했지?

금지 칼, 총, 톱, 낫.

복길 그래? 그렇구나.

금지 나 안 미워?

복길 네가 왜 미워. 내가 더 밉지.

금지 거봐. 나랑 있으면 불행해질 거야.

복길 아냐. 나 때문에 네가 불행했던 거야, 아마.

복길 그래서 이 안에 뭐가 들었다고?

금지 칼, 총, 톱, 낫.

복길 그래, 그렇구나.

복길 줘, 그거 줘

금지 병신 같은 새끼. 아무것도 못하고. 병신. 정말, 그렇게 죽으려고?

복길 차라리.

금지, 쥐고 있던 가방 바라보다
지퍼를 열어본다.
돈다발들 수북하다.

복길 아이고.

금지 다 거짓말이야 사실. 하나 빼곤, 세 살 때 혼자 밥을 먹던 거. 다른 애들 전부 다 누가 먹여줬는데, 난 그럴 사람이 없었으니까.
오빠는 맨날 일하러 갔으니까. 그래서 오빠 떠나고, 악착같이 일만 하면서 살았어.
열 살 때까지는 물건 나르면서 열다섯 살 때까지는 남자애들 구두 닦아주면서.
나 그래도 착하게 살았는데.

복길 힘들었겠다.

금지 오빠 찾으면, 오빠 찾으면… 돈이나 왕창 갖다 주고 죽어버릴라 그랬어, 평생 내 생각 하면서 이 돈 쓰라고.

복길 멋진 복수구나.

긴 사이.

복길, 금지에게 다가간다. 가방의 지퍼를 잠근다.
아주 꽉, 절대 죽지 말라는 것마냥 꽉 잠근다.
금지, 한참을 그런 복길을 바라보다,
잠긴 가방을 다시 연다.
다시 열어 돈다발들 사이로 손을 넣어
무언가를 꺼낸다.
그리곤 복길이 손에 쥐어준다.
가방을 들고 나가려 한다.

복길 저기, 있잖아. … 다시 태어나면, 그땐 정말 네 오빠 안 할게. 정말이야, 미안해.

정적.

금지 그래. 아마 그렇게 말했을 거야. 진짜로… 진짜였으면. 그래도… 갈게.

금지, 가방을 꼭 껴안고 이번엔 정말, 나가려 한다.

복길 좋았을 거야.
금지 뭐가?
복길 공연. 준비 많이 했잖아.
금지 그랬겠다.
복길 네가 가면 이제… 진짜 이거 하나 남는구나.
금지 싸구려 카세트.
복길 이만한 게 없더라.

복길, 카세트테이프 눌러본다.

복길 우산 가져가. 비 온다.

음악 흐른다.

금지 됐어. 근데. 결말….

복길 바꿔도 돼. 얼마든지. 잘 가.

복길, 우산 들고 퇴장.

0. 다시 소공녀

금지, 퇴장하는 복길 바라보다,

금지 우와- 이제 정말 혼자네. 그래, 상상해보자. 내 마음이어야 해. 어디서부터 바뀌어야 할까.

금지, 가방을 메고 내리는 비를 맞으며 자전거를 탄다.

금지 신사 숙녀 여러분 반갑습니다. 금지의 처절한 복수를 다룬 통쾌한 신파극! 극단의 배우를 소개합니다.

짧은 사이.
금지, 애써 어른의 표정을 지어보려 한다

금지 금지를 질투하는 부잣집 하인 살구!
금지를 사랑하는 부잣집 주인 지훈!
금지를 도와주는 부잣집 친구 순이!
금지의 오빠! 복길!

짧은 사이.
금지, 애써 어른의 표정을 지어보려 한다

금지 비련한 여주인공 금지!
오빠는 어느 날 금지를 이웃사촌 집에 맡기고 떠나버린다.

도통 소식이 없는 오빠.
사촌들에게 괴롭힘을 당하던 금지.
도저히 참지 못해 오빠를 찾아 나선다!
사촌들에게 쫓기는 금지.
부잣집에 숨어든다!

짧은 사이.
금지, 애써 어른의 표정을 지어보려 한다

지훈 쑨-살 같이 나타나 그녀를 도와주는 도련님 지훈! 상상해 봤어?

금지 응.

살구 어느-새 질투하기 시작한 부잣집 하인 살구! 어떤 결말이면 좋을까?

금지 음.

순이 금-세 눈치 챈 부잣집 하인 순이! 이 이야기의 마지막, 그치?

금지 응.

복길 또 비 맞았니?

금지 아니!-

복길과 금지 서로 마주 본다.
짧은 사이.
두 사람 정면 바라본다.
금지 우산 펼친다.
무대 천천히 돌아간다.
복길과 금지 제자리를 걷는다.

꽃비 흩날린다.
다른 배우들 꽃가루 던져 준다.
금지 꽃비 맞으면서 제자리 걷는다.
복길 우산을 쓴 채 제자리 걷는다.
무대 멈춘다.
복길 금지에게 다가가 우산 쥐어준다.
복길과 함께 모두, 퇴장.
금지 진짜, 정말. 혼자 무대에 남는다.
폭죽 터지는 소리.
세상 누구보다 밝게 웃으며.

복길 그래도 연극, 재밌었지?
금지 응!

커튼, 천천히 닫힌다.

막.

작가의 말 / 홍사빈

안녕하세요, 홍사빈입니다.
이야기 속으로 들어가 보면,
오빠에 대한 복수심을 갖고 살아가던 한 아이가
우연히 만나게 된 유랑극단에서 오빠를 발견하며
벌어지는 이야기를 다루고 있습니다.

이야기 밖으로 나와 보면,
금지가 과연 정말 통쾌한 복수를 해냈을까,
매번 연습을 치를 때마다 궁금하고 또 바라보는 입장에서 서글프기도 합니다.

또한 극장 밖으로 나와서,
스스로가 그간 연출을 해오면서
나름 재밌게 또 최대한 관객분들의
마음에 닿을 수 있는 작품을 만들려고 노력했는데 이 작품은 유독 정이 많이 가는 작품입니다.
치열하게 고민하고 조금이나마 그 마음이 전달되고자 다들 부단히 노력한 작품입니다.

이제 다시 대본으로 돌아와

이 글을 읽어 보실 관객분들께, 지금은 날이 많이 추운데요, 이 작품으로 조금이나마 따뜻한 마음 안고 가시길 바랍니다. 사랑합니다.

시간과 눈물의 상관관계

극작 : 안준환

프롤로그

목소리 소리들, 등장, 평범한 고등학교 일상을 담아 무대를 교차하며 가로 지른다. 음악이 바뀌면서 비장해진다. 이내, 계주 출발선에 대열을 맞춰서 출발 자세를 취한다. 땅! 계주 총소리가 울린다. 하지만 아무도 달려 나가지 않고, 정반대의 풍경이 펼쳐진다.
누군가는 춤을, 누군가는 여러 레일을 땅 따먹기 하듯 오간다. 그렇게 아무도 레이스를 펼치지 않고 각자의 놀이를 한다. 놀이는 확장되어 함께가 된다. 마치 학교 쉬는 시간처럼 보이기도, 점심시간처럼 보이기도, 혹은 체육 시간처럼 보인다.
정신없이 놀고 있는 아이들 사이로, 윤과 민지가 마주한다.

시간이 느리게 흘러가기 시작한다. 윤, 시간의 흐름에 발맞추어 천천히 걸음을 내딛는다. 반복되는 시계 소리와 함께 계속해서 걸음을 옮겨보지만, 멈추어버린 시간에 앞으로 나아가기를 포기하는 윤.
윤의 시간이 멈춘 곳에서 민지의 시간이 이어 흐르기 시작하고, 어느새 둘은 같은 시간 속을 살아가기 시작한다.

윤,민지 시간은 유한하다.
윤 그럼에도 우리는 시간이 영원한 것처럼 살아간다.
민지 우리는 결국 누군가를 떠나보낼 수밖에 없다.
윤 슬픔의 다음엔 뭐가 있긴 할까?
민지 어쩌면 우리 인생은 그저 슬픔으로 끝나지 않을지도 모른다.
윤 상실과
민지 애도.
윤 시간과.
민지 눈물의.

윤,민지 상관관계.

계주 총소리.
아이들은 마치 계주를 하듯, 모두 한 방향으로 달려 나간다. 슬로우 모션으로. 그 사이 윤은 혼자서 뛰지 않고, 바닥을 멍– 하니 바라본다.

암전.

1장. 민지

종소리.
겨울. 함박눈이 내린다. 하늘은 새하얀 구름으로 가득해서 마치 흰 상자에 갇혀있는 것만 같다.

담임선생님 자, 전학생 인사.
윤 안녕. 나는 '윤'이라고 해.

긴 사이.
아이들은 짧은 정적 이후 수군대며 뜨뜻미지근한 박수를 친다. 아이들은 모두 호흡과 움직임으로 관심과 실망 등의 반응을 한다.

친구 우와. 야, 너 몸 좋다.
윤 또 똑같은 질문이다.
윤/친구 너 운동했어?
윤 그 이후에, 단골 질문은,

윤/친구 어디서 전학 왔어? 전학은 왜 온 거야? 혹시 강제 전학?!

윤 중앙, 불암, 을지, 선덕, 상계, 청원. 그냥 좀 멀리서 왔어. 그리고 내가 좀 피곤해서 미안. 아, 그리고 강제 전학은 아니야.

민지 청원? 너 도봉구에서 왔어? 너 그러면 그 신안 동진 알아? 나 거기 살았었는데. 그 앞에 떡볶이집 진짜 맛있는데….

윤 아, 근데 나 잠깐 있었어서 잘 몰라.

민지는 계속해서 중얼댄다.

윤 계속되는 전학 생활에서 만나온 거기서 거기인 애들. 어차피 저는 이들에게 반복되는 지루한 일상 속 작은 호기심일 뿐입니다. 그 이상, 그 이하도 아닌. (사이) 며칠 가지 못할 관심. 저는 그 무관심 속에서 살아갑니다. 그게 편합니다.

윤 책상에 엎드린다. 점심시간을 알리는 종소리.

민지 야, 짝꿍! 너 아직 학교 잘 모르지? 가자! 점심 먹으러!!

윤 여기도 흔하디흔한 레퍼토리. 명찰에 '김민지'라는 이름이 적혀있습니다. '민지'. 흔하디흔한 이름. 뭐가 그렇게 신났는지, 아님 원래 그런 아이인지… 저를 데리고 도착한 곳은 동.아.리.실…?

민지는 급식실이 아닌, 구석진 동아리실로 데려간다. 그리고는 능숙하게 밧줄에다 돈 봉투를 묶어서 창문 밖으로 내린다.

윤 뭐해…?

민지 (신호를 기다리며) 조금만 기다려봐. 왜 멀뚱멀뚱 서 있어? 망이나 좀 봐!

민지의 말을 듣고, 윤 들어온 문에 기대서 복도에 망을 본다.

민지 너 학교에서 자장면 먹어본 적 한 번도 없지?

윤 자장면…?

학생주임 선생님이 동아리실로 들어온다.

학생주임 너네 뭐해?

민지 야! 뛰어!

[시퀀스]
민지의 외침과 함께 윤과 민지는 선생님에게 쫓기기 시작하고 달리기와 슬로우 모션을 반복한다.
얼마 뛰지 못하고 숨을 헐떡이며 멈춰서는 윤. 윤, 민지와 함께 교무실에서 혼난다.

학생주임 너네 제정신이야? 너, 내가 학교에서 그만 말썽 피우랬지! 그리고 너는 누구니…?

윤 안녕하세요… 오늘 전학 온….

학생주임 전학? 전학?! 넌 어떻게 전학 첫날에 자장면을 시켜 먹을 생각을 하니!

민지 선생님, 오늘 전학 첫날이라서 제가 자장면 사준 거란 말이에요.

학생주임 누가 친구 새로 왔다고 자장면을 시켜 먹어? (주변 선생님들

눈치를 보고) 근데, 나 같으면 여기 말고 청구반점 시킨다. 여기 자장면 별로야.

민지, 학생주임 선생님과 같이 웃는다.

학생주임 진짜 이번이 마지막이야. 더 사고 치지 마. 가 봐!

민지, 혼난 게 아무렇지 않은 듯 흔들거리며 교무실을 나온다. 윤, 놀란 가슴을 진정시키며 호흡을 가다듬는다.

친구1 오늘 전학 오자마자 자장면 시켜 먹은 애 있다며?
친구2 누구랑 먹었대?
친구3 민지랑 먹었다는데?
친구4 아 민지~
민지 아, 오늘은 재수 없게 걸렸네. 원래 이 시간엔 아무도 안 들어오는데. 다음에는….
윤 너 뭐야?
민지 뭐가?
윤 내가 언제 자장면 시켜달라고 했어?
민지 원래 첫날에는 자장면이지! 네가 이 학교에 온 첫날이니까….
윤 그건 네 생각이고.
민지 어?
윤 너 정말 세상 쉽게 산다.

윤 민지에게서 멀어진다.

윤 이번 학교는 뭔가 시작부터 잘못된 것 같습니다. 그래도 며칠 후면 사라질 관심이겠죠. 어차피 저는 또 전학을 갈 테니까요. 그때까지 조용히. 그저 조용히 있으면 됩니다. 그러려면….

민지 야! 너 말 다 했냐?

윤 (민지를 피하며) 얘만 피하면 될 것 같습니다.

민지 야! 야!

윤, 민지를 피해서 매점으로 간다.

매점아줌마 뭐 줄까?

윤 아폴로요!

민지 뭐야? 너도 아폴로 좋아해?

매점아줌마 무슨 색?

윤/민지 파란색이요

둘이 놀란다. 윤은 아폴로를 받아 도망친다.

담임선생님 오늘 청소 당번, 오늘 며칠이지?

민지 14일이요!

담임선생님 그럼 1번 36번!

윤/민지 네?

윤 또 도망친다.

반장 이번 주 교무실 청소 우리 반인데, 1번 36번!

윤 도대체 왜!

반장 원래 순서가….

민지 또 너야?

윤 아무리 피하려고 해도, 이상하게 계속해서 부딪힙니다. 참, 거슬립니다. 저도 한 땐 다른 친구들처럼… 평범했던 순간들이 있었는데… 다 부질 없습니다. 그저 조용히. 흘러가는 대로. 결국, 끝에는 슬픔이 집어삼킬 테니까요.

민지 야 짝꿍…! 너 혹시 책 가져왔어?

윤 한숨.

수업 종이 친다.

민지 같이 좀 보자!

윤 선생님! 자리 좀 바꿔주세요!

민지 야! 나도 됐어!

선생님이 자리 배치도를 붙인다. 다시 윤과 민지가 짝이다,

민지 뭐야. 또 짝이네?

윤 뭐?

윤, 민지 서로에게 심통이 난다. 둘은 자리를 바꾼다. 윤은 유독 추위를 많이 탄다.

민지는 노트에 무언가를 열심히 적고 있다.

윤 저의 시간은 너무 짧은데, 또 너무 깁니다.

2장. 우연과 필연

아침, 등굣길.

민지 아무도 보이지 않는 등굣길. 전 매일 아침, 제일 먼저 학교에 도착합니다! 겨울이라 그런지 아직 세상은 어둡습니다. 그래도 청량한 공기 덕분에 온몸의 세포들이 찌릿합니다!

민지의 혼자만의 등굣길 '상황극'이다.
소리들 다급하고 진지하고, 비장한 분위기로 등장. 붐마이크, 헤드폰, 등등 각자의 소품을 들고 있다. 목소리, 민지에게 큐를 준다. 모두 숨죽인다. 모두 하던 일을 멈추고 민지를 바라본다.

민지 드디어, 다가온 겨울! 다음 주에는 눈 소식까지 있다는데요?! 저는 겨울을 참 좋아합니다! 봄, 여름, 가을에는 개미나 달팽이를 밟지 않기 위해 땅을 보고 걸어야 하는데, 겨울에는 다들 겨울잠을 자러 가서 마음껏 하늘을 보면서 걸을 수 있거든요!

등굣길에서 바닥을 멍하니 바라보는 윤에게 시선이 멈춘다. 소리들, 멈춘 민지를 보며 당황.

(사이) 바쁘더라도… 잠깐 멈춰서서 하늘을 올려다보는 건 어떨까요?!

소리들 짧은 아수라장이 되어버린다. 종소리. '상황극 종료' 교실.

민지 혼자 멈춰 서 있던 애. 처음 보는 애인데….

담임선생님 자, 전학생 인사.

윤 안녕. 나는 '윤'이라고 해.

민지 아까 전의 그 아이. 어깨는 푹, 눈빛은 퀭. 첫 모습부터 사연 가득한 모습에, 조금은 옛날의 제 모습이 생각납니다.

친구 우와. 야, 너 몸 좋다. 너 운동했어? 어디서 전학 왔어? 전학은 왜 온 거야? 혹시 강제 전학?!

윤 중앙, 불암, 을지, 선덕, 상계, 청원. 그냥 좀 멀리서 왔어. 그리고 내가 좀 피곤해서 미안. 아, 그리고 강제 전학은 아니야.

사이.

민지 이 세상 모든 힘듦을 다 끌어안고 있다는 저 표정. 대화는 하지만 눈은 마주쳐 주지 않는… 그렇게 저 아이는 반에 있는 모두를 등지고 그저 작은 책상에 엎드립니다. 마치 이 거대한 학교라는 세상 속에서 자신만의 유일한 안식처인 듯, 그리고 저, 웅크린, 등.

점심시간 종소리.

민지 (윤에게) 야, 짝꿍! 너 아직 학교 잘 모르지? 같이 점심 먹으러 가자.

윤 뭐해…?

민지 (신호를 기다리며) 왜 멀뚱멀뚱 서 있어? 망이나 좀 봐!

학생주임 선생님이 들어온다.

학생주임 너네 뭐해!

민지 뛰어!!! 왜 하필 그때 학주 쌤이 들어와서!! 다 쌤 때문이야!

멈춘다.

목소리는 민지의 머릿속을 맴도는 말들이다.

윤 내가 언제 자장면 시켜달라고 했어?

민지 학교에서 먹는 자장면이 얼마나 맛있는데?!

목소리 내가 언제 자장면 시켜달라고 했어?

민지 야, 선생님만 아니었으면, 너 엄청 맛있게 먹고 또 먹자 했을걸?!

목소리 뭐? 내가 언제 자장면 시켜달라고 했어?

민지 네 그 퀭한 두 눈만 아니었으면 나도 그렇게 안 했어!

목소리 참나? 내가 언제 자장면 시켜달라고 했어?

민지 학교생활이 즐겁다면 저 눈이 좀 달라질까 했지!

윤 너 정말 세상 쉽게 산다!

민지목소리 네가 뭘 알아!

종소리.

3장.

[3-1 자유발표]

목소리 (메아리처럼) 네가 뭘 알아, 뭘 알아, 뭘 알아 뭘 알아. 뭘 알아.

담임선생님 뭘 알아 너희들이! 그러니까 선생님 말만 잘 들으면 돼! 알겠지? 그리고 수학여행 부모님 동의서 아직 제출 안 한 사람들 빨리 제출하고.

민지 너무 설렌다.

담임선생님 미리미리 짐 싸고. 또 괜히 술, 담배 이런 거 걸리면 확! 진짜 다 죽어. 그리고 진로 희망서 다시 제출해야 하는 애들은 내일까지 반장 통해서 꼭 제출해! 생활기록부에 들어가는 거니까 신중하게 적고. 제대로 안 적으면, 아무 것도 안 적어준다. 아니면 부모님이랑 상담이야. 이상!

민지 왜 좋은 엄마는 진로가 아니라는 거야. 진로희망서. 도대체 어떻게 쓰는 거야. 1지망… 2지망… 하나도 모르겠다.

민지는 옆에 깨끗한 윤의 진로 희망서를 몰래 본다. 둘이 눈이 마주치지만, 윤이 진로 희망서를 숨긴다.

민지 누가 궁금하대….

담임선생님 아 맞다, 저번에 말했던 토론 경시대회 조 다들 짰지? 너희들도 알다시피 우리 학교의 오래된 전통인 만큼 아주 중요한 대회다! 생활기록부에도 들어가고, 나중에 논술 준비할 때도 도움 되고 얼마나 좋아. 너희 선배들 봐, 여기서 상 타서 좋은 대학 가잖아. 다 너희들한테 도움 돼서 하라는 거야. 선생님 말 들어서 잘못된 적 있니? 아무튼 다들 준비 잘 해라.

민지 아 맞다! 조 아직 못 짰는데!

윤은 책상에 엎드려있다.

민지는 무대를 여기저기 휘저으면서 친구들에게 묻는다. 친구는 반의 여러 친구들의 군상을 담고 있다.

민지 너 조 짰어??

친구 응! 너는?

민지 나는 아직.

민지 너는 조 짰어?

친구 당연하지!

민지 좋겠다.

민지 너희는?

친구 이미 신청서도 냈는걸?

민지 난 어쩌지?

친구 글쎄.

민지 혼자서는 못 나가겠지?

친구 어쩌겠어. 2인 1조래잖아.

친구 아 맞다 민지야, 이번 수학여행은 가지?

소리들 모두 민지에게 과한 관심을 갖는다. 민지 머쓱하게 웃고 자리를 피한다. 민지 여기저기 둘러보다가 결국 윤에게 눈치를 보며 다가간다.

민지 야, 너 조 있냐? (사이) 나랑 같이 조 할래?

윤 무슨 조?

민지 넌 선생님 말 안 듣냐? 매일 잠이나 자고. (사이) 토론 경시대회!!

윤 그거 꼭 해야 해?

민지 이거 전교생 전부 다 나가야 한다니깐?

윤 따로 하자.

민지 다른 애들은 이미 다 짝 구해서 너랑 나밖에 안 남았는데? 토론 경시대회가 이름만 들으면 진짜 재미없게 들려도, 주제도 자유고, 형식도 자유라서 진짜 재밌어! 한 번만 믿어봐!

선생님 신청서 오늘 마감이니까 꼭 제출해라!

민지 그럼 나랑 같은 조 하는 거다? 응?!

윤 신청만 하고 안 해도 되는 거지?

민지 왜, 이왕 하는 거 재밌게 해보자.

윤 딱히 하고 싶지는 않은데….

민지 그래도 이번만 좀 협력해. 누군 너랑 하고 싶어서 하는 줄 알아? 그래도 나한테 기가 막히는 주제들이 있거든? 들어봐. '사람들 몸은 70%가 물이다. 그래서 사람 10명이 모이면 7명이 물이다!', '길고양이에게 밥을 챙겨주면 받는 보은', '왜 항상 우산을 가지고 나가면 비가 오지 않는가?' 머피의 법칙 같은 거 말이야!! 아니면 '상대성이론'! 이런 거 어때?! 재밌을 거 같지 않아?!

윤 별로야.

민지 (정색) 그럼 네가 정해. 넌 뭐 좋아하는 거 없어?

윤 나? 내가 왜?

민지 너 진짜 밥맛인 거 알아?

민지 자리를 박차고 퇴장.

윤 뭐야??

[3-2 주마등]

조명 바뀐다.

윤 무언가를 좋아한다는 것은, 언제든지 잃어버릴 수 있고, 상처받기 쉽다는 얘기와 같습니다. 그래서 저는 이런 미련을 남기고 싶지 않습니다. 언젠가 다 제 손을 떠나버릴 것만 같거든요. 저 끝에는 결국 슬픔만이 기다리고 있을 테니까요. 정말 저 끝에 다다르면 주마등이란 게 보일까요? 그렇다면 제 주마등에는… 아마….

윤목소리 뛰는 거!

목소리, 소리들 뛴다. 소리들은 슬로우 모션. 그 사이를 뛰는 목소리. 윤 뛰는 목소리를 바라보며,

윤 처음으로 달리기를 시작한 건,

목소리 중학교 1학년!

윤 딱히 준비물도 없고, 쉬워 보여서 시작한 달리기가, 이렇게 재밌어질 줄은 몰랐습니다.

목소리 처음에는 누군가를 추월했을 때의 짜릿함.

윤 을 잊지 못해서 계속했는데, 미친 듯이 달리다 보면 정말로 자유로워서, 제가 시간을 달리는 것만 같다는 생각도 들었습니다.

목소리 태어나서 처음으로 잘한다고 인정도 받아봤습니다.

윤 그렇게 육상선수의 꿈을 잠시나마 꿨었습니다.

목소리 숨이 목 끝까지 차올라, 제 몸을 빠르게 도는 것을 느낄 때, 그때 처음으로 제가 살아있음을 느꼈습니다.

소리들 중립으로 정지.

윤 그런데 이제는 가만히 있어도, 숨이 차오릅니다. 꿈도, 친구도, 평범한 일상도 이젠 어떠한 기대도 없습니다. 이래도 제가 틀린 걸까요?

[3-3 수학여행]

수학여행 당일.

윤 저는 수학여행을 가지 않았습니다.

소리들 모두 수학여행을 떠난다.
윤, 교실에 혼자 남겨져 있다. 민지 문을 열고 들어온다. 교실에 둘만 덩그러니 남겨져 있다. 민지, 윤이 눈에 거슬린다. 정적이 흐른다.

민지 뭐냐. 너 왜 나 따라 하냐?
윤 뭐래?
민지 어이없어.
윤 참나.

사이.
민지, 만화책들을 한가득 꺼내보다가, 아무것도 안 하는 윤이 눈에 거슬린다.

민지 수학여행은 왜 안 갔냐?

윤 … 그냥….

민지 그렇게 말할 줄 알았다.

윤 너는?

민지 알바도 있고, 괜히 돈만 쓰고, 그리고 생각보다 재미없을 걸? (사이) 그럼 2박 3일 동안 학교에 우리밖에 없겠네.

사이.

민지 너도 한 권 읽을래?

윤 아냐 괜찮아.

민지 하교까지 8시간 남았는데?

윤 괜찮아.

민지 그래 후회하지 마라~

사이.

민지 그래서 너 왜 이렇게 나 따라 하냐고, 저번에 아폴로도 그렇고.

윤 나 원래 파란색밖에 안 먹는데….

민지 파란색이 제일 맛있긴 하지….

사이.

민지 그래서, 발표는 어떻게 할까? (사이) 나랑 같이 할 거지?

윤 근데 어차피….

쾅. 교실 앞문이 열린다. 학생주임 선생님이 들어온다.

학생주임 거봐라, 또 하라는 공부는 안 하고 만화책이나 읽고 있지.

민지 아니에요! 공부하고 있었어요!

학생주임 손바닥으로 하늘을 가려라.

민지 어차피 다들 놀러 갔잖아요.

학생주임 너네도 이렇게 공부 안 할 거면 학교에서 시간 죽이지 말고 나가서 놀기라도 해라.

학생주임 선생님이 지갑에서 만원 한 장을 민지에게 쥐어준다.

민지 헐, 선생님….

학생주임 됐어. 나가서 뭐라도 사 먹어.

학생주임 선생님 퇴장.

민지 나 진짜 감동 받았어. 이 시대에 진정한 선생님이야. 우리 이걸로 뭐하지?

윤 뭐… 해야 해?

민지 야! 선생님이 이렇게까지 우리 신경 써주신 건데 그 성의를 무시하려고? 뭐라도 해야지!!

윤 딱히 하고 싶은 게 없는데.

민지 일단 뭐라도 먹자.

민지, 교실을 나서려고 하지만 윤은 따라갈 마음이 없다.
그런 윤을 바라보다가, 민지가 윤의 가방을 가져가 무작정 밖으로 나선다.

윤 야!!!

목소리, 쌍쌍바를 들고 등장.

반을 가르지만, 결국 한쪽으로 크게 치우친다.

아이스크림을 받은 민지는 고민하다 이내 더 큰 것을 윤에게 건넨다.

민지 역시 겨울에 먹는 아이스크림이 최고야.
윤 겨울에 웬 아이스크림?
민지 원래 추울 때 먹는 아이스크림이 더 맛있거든.

민지와 윤. 계속 걷는다.

민지 그래서, 진짜 상대성이론 별로야?
윤 응….
민지 괜찮을 것 같은데… 이름부터 뭔가 흥미롭지 않아?
윤 너 상대성이론이 뭔지는 알아?
민지 중력이 강한 곳이 다른 곳에 비해 시간이 더 느리게 가는 거! 그래서 내가 생각하기엔 우리가 평소에 재밌는 일 있을 때, 시간이 빨리 간다고 느끼잖아?? 그 즐거운 순간에 중력이 약해지면서 시간이 빠르게 흐르는 거야! 그게 바로 상대성이론이지!
윤 무슨 말인지 모르겠어. 별로야.
민지 그렇게 별로면 네가 의견이라도 내봐.
윤 음…. 인생.
민지 인생? 너 진짜 재미없게 사는구나? 완전 애늙은이 같아.
윤 상대성이론보다 낫거든!

민지, 아이스크림을 벌써 다 먹는다.

민지 요즘 아이스크림들이 자꾸만 작아져 가. 아닌가, 내가 너무 커진 건가? 돈 아직 남았는데 하나씩 더 먹을래?

윤 아니, 추워.

민지 진짜 안 맞아. 나도 안 먹을래. (사이) 그나저나 남은 돈은 어떻게 하지?

그때 한 초등학생이 오락실에서 나와서 지나간다.

초등학생 조금만 기다려라! 내가 엄마한테 가서 동전 더 받아올 거니까! 내가 오늘 너 이기고 만다.

민지 우리 오락실 갈까?

윤 갑자기? 난 별로….

민지 왜, 어차피 돈도 좀 남았고, 그리고 사실 오락실이야말로 상대성이론을 느낄 수 있는 곳이거든. 오락실에 한 번 들어가면 시간 가는 줄 모르잖아!

윤 그게 무슨 말도 안 되는….

민지 다른 애들도 다 놀러갔는데, 우리도 우리만의 수학여행을 즐겨야지! 억울하잖아!

윤 난 괜찮아….

민지 오늘 나랑 같이 가면, 더 이상 귀찮게 안 할게! 딱 오늘만! 가자!!!

윤, 마지못해 민지에게 밀려나듯 오락실로 향한다.

민지 윤을 데리고 시내에 낡은 건물 지하에 LED가 번쩍이는 게임방으로 데리고 간다.

민지 너 오락실 와본 적 있어?

윤 응… 중학교 1학년 때.

민지 농구 게임 앞에 섰지만, 기계는 꺼져있고, '철, 수, 예, 정'이라는 빨간 글씨가 쓰여 있다.

민지 헐, 이거 내가 제일 좋아하는 건데.

윤 … 나도….

민지 너도?

윤 예전에 제일 많이 했어, 친구들이랑.

민지 너도 좋아하는 게 있긴 하구나? 근데 없어져서 어떡해. 아쉽다.

윤 내가 좋아하면 다 사라져. 익숙해.

민지 네가 좋아해서 사라지는 게 아니라, 그게 사라질 때까지 좋아한 거야.

긴 사이.

민지 아 이것밖에 할 줄 모르는데 뭐하지….

윤 내가 알려줄까?

민지 네가?

[시퀀스]
윤, 민지와 함께, 게임을 시작한다.
민지의 부족한 부분들을 윤이 채워준다. 서로가 서로의 부족한 부분들을 채워준다. 둘은 서서히 둘만의 세상 속으로 빠져든다.
둘은 여러 아케이드 게임들부터, 총게임, 등 다양한 게임을 세상들을 돌아다니며 시간을 보낸다.

민지	너 뭐야! 왜 이렇게 잘해! 야, 솔직히 말해 너 맨날 오락실에 살았지?

윤	아니거든.

윤 민지 오락실에서 나온다.

민지	벌써 시간이 이렇게 됐네. 너 집은 어떻게 가?

윤	(가리키며) 저쪽….

민지	에이 반대네. 내일은 동아리실에서 만나!

윤	왜?

민지	발표 준비해야지!! 그럼 내일 봐!

민지, 먼저 떠난다, 윤은 멈춰서서 멀어지는 민지를 바라보다, 이내 발걸음을 옮긴다. 윤의 시간이 천천히 흐르기 시작한다. 물이 양동이에 톡-톡 떨어지기 시작한다. 이어, 하늘에서도 비가 톡-톡 내리기 시작한다.

[3-4 담을 수 없는 순간들]

동아리실. 비가 내린다.

윤	정말 여기서 상대성이론을 찾을 수 있다고 생각해?

민지	당연하지, 시간은 어디서나 흐르는걸?!

윤	그러지 말고 발표 준비할 거면, 교실로 돌아가자.

민지	원래 조사는 직접 보고 느낀 걸로 해야지.

윤	학교가 다 거기서 거기지… 여기서 뭘 느껴….

민지	너 여기가 얼마나 특별한 곳인지 모르지?

윤 그냥 동아리실 아니야?

민지 우리학교에서 제일 비밀스러운 곳이지! 구석지고, 높지. 여기는 학교 운동장이, 그리고 여긴 학교 뒤 담벼락이 보여! 여기서 몰래 먹는 자장면이 진짜 최곤데, 하필 그날 쌤한테 걸려서… 아무튼! 여기 아는 사람 나밖에 없으니깐 비밀이다?

윤 응….

윤, 민지를 따라 동아리실 밖으로 나온다.
밖에 비가 더 세차게 내린다. 그러다 천둥번개가 친다.
학교 전등이 전체적으로 깜빡이더니 이내 정전이 되어버린다.

[시퀀스]
학교는 어둡고, 전혀 다른 분위기로 바뀐다. 소리들 등장. 소리는 민지의 '상황극'을 통해 민지와 '동'한다.

윤 다시 교실로 돌아가자….

민지 뭔가 모험하는 것 같고 좋은데?

민지, '상황극'을 갑자기 시작한다.

민지 자! 오늘은 이 텅- 빈 학교를 함께 모험할 '윤'씨를 모셨습니다!!! 한 말씀 해주시죠!

사이.

민지 한 말씀 해주시죠!!!

윤 돌아가자….

민지 자, 그럼 출발!!!

윤 야…!

민지의 상황극이 계속된다. 소리는 민지와 윤이 지나쳐가는 곳들에 장애물들 혹은 구조물들을 만들어준다. 윤 머뭇거리다 따라간다. 둘은 장애물들을 건너고, 뛰어넘는다.

민지 자, 여기서 퀴즈! 학교에서 가장 눈에 안 띄는 곳은?

윤 글쎄….

민지 맞춰봐!

윤 화장실…?

민지 땡! 교장실 (사이) 옆 상담실!

교장실 옆 상담실에 도착한다.

민지 원래 등잔 밑이 어두운 법이지! 여기가 두 번째 자장면 포인트야! 다음엔 여기로 올까?

윤 아냐… 난 괜찮아….

민지 또 앞서 이동한다. 학교에 구석진 미사용 교실.
민지, 앞서 한껏 들뜬 태도와는 다른 차가운 모습이다.

윤 여긴… 왜 이렇게 낡았어?

민지 여긴… 아주 슬픈 전설이 있어.

윤 왜 그래 갑자기….?

민지 여긴 아주 오랫동안 비어있었거든. 아무도 여기를 오지 않

아. 애들도, 선생님들도, 관리아저씨조차도.

윤 왜…?

민지 그런데 참 이상한 게, 이 교실은 문은 늘 열려있다? 아무리 닫아도 닫히지 않고 다시 혼자 열리거든.

문들이 끼익- 열린다.
윤 무서워한다.

민지 소문에 의하면, 밤 12시 정각을 알리는 종소리가 울리면, 이 교실 거울에 내가 아닌 다른 존재가 보인대… 사람이라기엔 너무 키가 크고, 동물이라기엔 너무 마른… 특히… 이렇게 학교가 비면!

민지 윤을 놀래킨다. 윤 까무라치게 놀란다. 민지 웃는다. 그리고 서서히 비가 그쳐간다.

민지 뻥이야~

윤 뭐?!

민지 어때? 진짜 같지! 잘 만들었지! 내가 만들어낸 소문이야! 나 혼자 여기 쓰려고!!

윤 너무 낡았는데… 먼지도 많고….

민지 낡은 게 영어로 뭔지 알아? 엔-튀-쿠.

윤 엔-튀-쿠?

민지 여기 점심시간에 오잖아? 그럼 딱 여기서 햇빛이 이렇게 싹~! 그리고 방과 후에 오잖아? 그럼 햇빛이 저기서부터 이렇게 싹~! 여기서 만화책 보면 진짜 시간 가는 줄 몰라.

민지는 먼저 떠난다.

비가 멈추고, 구름 사이로 아주 얇은 햇빛 줄기가, 윤을 비춘다. 윤이 손으로 빛을 조금 느껴보려고 한다. 이때, 윤의 과거의 행복했던 기억의 파편 하나가 복도를 스쳐 지나간다.

다음, 복도 끝 탈의실

민지 너, 학교에 도는 소문들이 다 어디서 시작되는 줄 알아? 다 이 전설의 벽에서 시작 되는 거야. 여기 봐봐, 애들 사소한 가십거리들부터, 열애설까지 없는 게 없어!

윤 와….

민지 또 새로운 소문이 있나 유심히 찾아본다.

윤도 오랜 흔적들을 하나하나 훑어본다. 과거의 파편들이 스쳐 지나간다. 친구와 함께 행복하게 지냈던 일상생활들이 스쳐 지나간다. 과거의 파편이 쌓일수록 무대는 서서히 밝아진다. 더욱더 알록달록하다. 잠시나마 윤의 씁쓸한 옅은 미소가 보인다.

윤 왜 지금까지 보지 못했을까요? 같은 교실인데도, 다른 풍경의 교실들. 각자만의 취향이 담긴 사물함들. 오랜 낙서로 가득한 탈의실. 복도의 창밖으로 펼쳐진 학교 밖의 풍경들. 늘 지나치던 복도가, 어느 학교를 가도 다 거기서 거기였던 학교가… 그동안 얼마나 많은 것들을 놓치며 살아온 걸까요?

민지 아 맞다!! 비 오면 안 됐었는데?!

민지 급하게 퇴장. 윤 따라나선다.

윤 분리수거장? 고양이? 고양이가 이렇게 학교에 있어도 돼?

민지 갈 곳 없는 애들이니까. 얘네 완전 예쁘지? 얘 이름은 모찌, 고등어, 치즈, 바나나야.

윤 왜 다 음식이야?

민지 원래 음식으로 이름 지어야 오래 산다고 해서. 모찌, 얘가 제일 애기 고양이야. 엄마 고양이가 작년에 학교 앞에서 교통사고 당해서 지금은 혼자야.

윤 안타깝네….

민지 챙겨줄 수 있는 곳이 분리수거장이어서 미안하지.

윤 이 밥들도 네가 챙겨 준 거야?

민지 응!

윤 너 졸업하고 나서는 어떻게 해?

민지 글쎄… 그건 그때 가서 생각해보면 되지!

윤은 고양이들에게 약간의 거리를 둔다.

윤 너무 그렇게 정 주지 마. 나중에 힘들어.

민지 이렇게 귀여운데 어떻게 정을 안 줘. 아이구 예뻐라.

윤 그래서 상대성이론은 어디에 있어?

민지 지금 여기!

윤 여기?

민지 뭔가 오늘 시간이 좀 다르게 흘러간 것 같지 않아?

윤 글쎄….

민지 (사이) 야, 따라와 봐.

비가 갠 하늘이 더 맑아진다. 마지막으로 윤을 옥상으로 데려간다.

윤 와….

민지 경관 죽이지? 우리 학교 명소야.

윤 나 옥상은 처음 와봐.

민지 예쁘지? 내가 제일 좋아하는 시간대야. 그림 같지 않아? 항상 바뀌는 그림. 모양이나 색이 매일 바뀌어서 오늘의 노을은 정말 딱 오늘만 볼 수 있어. 사진으로 찍어도 안 담겨서 이렇게 눈으로밖에 못 담아. 정말 지금 이 순간에만 느낄 수 있어.

윤 예쁘네….

민지 우리는 참 하늘을 안 올려다봐. 옥상에 매일 올라와 있으면서 한 번도 누구랑 눈을 마주쳐 본 적이 없어.

윤 생각해보니까 그렇네.

민지 참 안타까워, 하늘이 이렇게 예쁜데. 너무 많은 순간을 놓치고 살아가는 것 같아. 다시는 안 올 순간들인데. 근데 너 항상 가지고 다니는 노트, 뭐 적는 거야?

윤 유언.

민지 유언?

윤 장난이야, 이거, 아빠 노트야, 아빠가 나 중학교 때 준 노트인데, 이것저것 한 것들을 기록하려고 쓰는 거야.

민지 아… 그렇구나.

윤 나한테 제일 소중해.

민지 넌 어떻게 그렇게 살아?

윤 뭐가?

민지 어떻게 그렇게 진심으로 살아?

윤 음… 후회하기 싫어서?

민지 후회?

윤 지금을 최선을 다해서 살지 않으면 다 놓쳐버리는 기분이야. 지나가버린 순간들은 내가 어떤 수를 써도 잡을 수도 없고. 그래서 내게 주어진 이 순간들을 최대한 내 것으로 만들려고! 그런데, 그 순간들은 시간이 지나면 결국 다 사라지잖아. 우리가 졸업해버리면, 고양이들도, 학교도, 그리고 우리가 봤던 노을도, 모두 다 두고 떠나야 하잖아.

민지 그래도, 우리가 봤던 노을이 예뻤던 건 사실이잖아. 그렇기 때문에 순간이라는 게 의미가 있는 거야. 매일 똑같아 보이는 하늘이지만, 사실은 똑같지 않잖아? 우리의 시간도 비슷한 거야. 사실 우리의 시간은 텅 비어있는 백지인 거야, 우리가 그 비어있는 시간들을 어떻게 칠해나가느냐에 따라서 우리의 하루가, 우리의 삶이 어떤 색인지 정해지는 거야! 그래서, 이런 게 바로 상대성이론이지 않을까!!!

윤 그래, 이런 게 상대성이론이네.

민지 내일이면 수학여행도 끝이네. 아쉽다.

윤 그러게. 아쉽다.

민지 솔직히 시간 진짜 빨리 갔지?

윤 그런 것 같기도 하고.

민지 이게 뭐다?

윤 상대성이론?

민지 우리 10년 뒤에는 뭐하고 있을까?

윤 그렇게 멀리까지 생각해 본 적은 없는데.

민지 10년 뒤에도 이렇게 같이 있을 수 있을까? 나이 먹을수록 다들 멀어진다고 하잖아.

윤 10년. 진짜 까마득하다.

민지 생각보다 금방일걸? 두 번의 겨울만 보내면 이제 어른이야.

윤 넌 어른이 되고 싶어?

민지 음… 글쎄. 어렵다. 지금을 떠나보내고 싶지는 않은데, 그래도 어른이 된 모습도 궁금해. 넌?

윤 아직 잘 모르겠어, 우선 그런 건 신경 안 쓰고 살래.

민지 그럼 어떻게 살 건데?

윤 그냥 덤덤하게 살래.

민지 난 진짜 행복하게 살 거야.

윤 어떻게?

민지 일단 진짜 좋은 집에 사는 거야. 모찌, 고등어, 바나나, 치즈까지 모두 데리고! 그리고, 뭐하지? 한 달에 한 번씩은 여행 다니기?

윤 어디로?

민지 어… 아직 생각 안 해봤어. 그래도 얼마나 좋겠어. 너는?

윤 한 번도 생각해 본 적 없는데… 음… 그때는 조금 더 건강했으면 좋겠다.

민지 왜? 너 어디 아파?

윤 아… 그냥 몸이 좀 안 좋아… 그래서 조금 더 건강했으면 좋겠어서.

민지 그럴 거야.

윤 그랬으면 좋겠다.

목소리 이상해!

윤 이상해.

목소리 이상해!

윤 이상해. 뭘까?

목소리 나도 모르지.

윤 왜 그동안 하늘을 안 올려다봤을까?

목소리 하늘이 좋았던 거야?

윤 하늘도 그렇고, 그냥 날씨도 좋았고.

목소리 그날이 좋았던 거네?

윤 이번 학교는 다른 학교들이랑 다른 거 같기도 하고 (사이) 모르겠다.

목소리 그래도 나쁘지만은 않아!

윤 그래 그런 것 같다!

민지 그럴 거야!!

4장.
[4-1 슬픔 저 너머에는]

바이탈 소리가 저 멀리서 들려온다. 서서히 커진다.
바이탈 소리는 점점 커지다 혼자 남겨진 윤을 집어 삼키는 것만 같다. 그러다, 소리가 잦아든다.

윤 정기 검사를 위해 병원에 왔습니다. 언제나 병원에 오는 건 찝찝합니다. 한 번도 좋은 소리를 들어본 적이 없으니까요. 남들처럼 평범하게만 살고 싶습니다. 다시금 제가 언제나 삶과 죽음 그 경계에 아슬아슬하게 서 있다는 것을 깨닫습니다.

목소리 마음의 준비를 잘 해주세요. (사이) 이번 겨울을 넘기기 힘들 것 같습니다.

윤 저도 모르게 즐겁게 흘려보낸 시간들이 결국 다 저 끝을 향해 그 어느 때보다 빠르게 달려가고 있었습니다. 더 이상 미련을 남기지 않으려고 했는데… (사이) 우리는 시간이 영원할 것만 같은 착각 속을 살아갑니다.

다음날 학교,

민지 발표 준비하자! 이젠 진짜 얼마 안 남았어. 오늘 발표 자료도 만들고, 발표 순서도 정해야 해. 그리고! 우리 저번에 정리하다가 만 발표 대본도 마저 만들어야 해. (상황극) 자, 오늘도 함께 달릴 준비 되셨나요?! (사이) 야! 걱정하지 마! (사이) 어차피 이것도 다 뭐다? 상대성이론! 우리가 재밌게 준비하면 금방 지나갈 거야.

윤 다음에 하자.

민지 안 돼, 이제 진짜 시간 얼마 안 남았어.

윤 다음에 하자, 오늘은 좀 힘들 것 같아.

민지 무슨 일 있어?

목소리 마음의 준비를 잘해주세요.

윤 그냥 좀 피곤해서 그래. 나 갈게.

윤 민지를 피한다. 민지 윤을 붙잡는다.

민지 어디 가! 우리 발표는?

윤 나 발표 안 해.

민지 왜?

윤 계속해서 민지를 피한다.
윤의 감정이 격해지면서 몸 상태도 안 좋아진다.

윤 나 발표 안 해.

민지 도대체 왜 그러는 거야? 갑자기!

윤 민지를 무시하고 간다.

민지 야!

윤 나 좀 그냥 내버려 둬, 하기 싫다고!

민지 그렇게 쉽게 포기해버리면 지금까지 했던 시간들은 뭐가 되는데?

목소리 이번 겨울을 넘기기 힘들 것 같습니다.

윤 어차피 다 잊혀지고, 다 사라질 것들이야.

민지 지금까지 같이 준비했던 내용은 뭐야! 그렇기에 더 소중히 살아야 한다는 거잖 아!

윤 이렇게 해봤자 달라지는 건 없어. 다 부질없어.

민지 넌 네가 제일 중요하지? 다른 것들은 어떻게 되든 상관없고?

윤 그럼 너는 항상 뭐가 그렇게 즐거운데, 다른 사람들이 다 너 같은 줄 알아?

민지 너야말로, 맨날 이 세상에서 혼자만 힘든 것처럼 굴잖아. 야, 너만 힘들어? 여기 있는 사람들 다 힘들어. 그럼에도 다 각자의 방법으로 어떻게든 이겨내려고, 소중한 것들을 지켜내려고 아득바득 살아.

윤 나 죽는대! 너 죽는다는 게 뭔지나 알아? 내가 더 이상 꿈꿀 수 있는 미래가 없다는 게. 그리고 이 거대한 세상 속에서 내가 아무것도 아닌 기분을 아냐고! 그러니까 제발 나 좀 내버려둬,

윤, 쓰러진다.

[4-2 꼬질꼬질]

민지 윤은 괜찮은 걸까요? 전 그저 학교의 즐거움을 알려주고 싶었을 뿐인데… 저 공허했던 눈이, 작은 책상에 갇힌 모습이, 제 예전의 모습을 보는 것만 같아서….

목소리 꼬질 꼬질,

민지 눈에 젖은 윤의 교복.

목소리 북적 북적

민지 안절부절 못하는 내 마음.

목소리 똑 - 똑

민지 고장 난 시계바늘. 초등학교 때 엄마가 병으로 떠나가셨습니다. 저와 아빠의 시간은, 그날에 멈췄습니다. 우리의 시간은 멈췄지만, 저는 어느새 중학교 입학식에 가야 했습니다.

목소리 꼬질 꼬질.

민지 내 교복

목소리 북적 북적.

민지 나만 혼자서

목소리 똑 - 똑.

민지 아무도 나를 불러주지 않아! 저는 그냥 울어버렸습니다. 아빠는 뒤늦게 이 사실을 알게 되었고, 저를 잡고 펑펑 우셨습니다. 그날 이후로 아빠는 엄마 몫까지 열심히 살아냈습니다. 아빠의 시간은 어느 때보다 바쁘게 앞으로 나아갔습니다. 그래도 좋았던 건, 잊지 않고 나를 항상 사랑해줬다는 것. 아무리 바빠도 같이 밥 먹고, 주말에는 멀리는 못가도 같이 놀러 가고. 그러다.

목소리 꼬질 꼬질.

민지 아빠의 작업복.

목소리 북적 북적.

민지 아빠 주위로 모여든 사람들.

목소리 똑 - 똑

민지 돌아오지 않는 대답. 근데, 아빠가 저 멀리 있는 시간까지 너무 많이 끌어 썼나 봐요. 아빠의 시간도 멈춰버렸습니다. 왜 제가 사랑하는 것들은 제 곁을 떠나고, 왜 그것들은 결국 모두 저를 울릴까요? 우리는 언제 끝날지 모르는 시간 속을 살아가고 있습니다. 그 끝에는 언제든지.

목소리 민지 슬픔만이.

민지 우리를 기다리고 있겠죠. (윤을 바라보며) 어쩌면 나도 모르는 사이에 또다시 누군가를….

[4-3 병문안]

목소리 병원에 입원했습니다. 흰색 천장에, 흰색 커튼. 그리고 코끝을 찌르는 강한 소독약 냄새. 쓰러지고 이틀 만에 깨어났다고 합니다. 다행히 응급처치가 빨리 진행되어 현재는 안정을 찾았습니다.

윤 제 시간은 여전히 끝을 향해 달려 나가고 있습니다. (사이) 그리고 침상 옆에는 누가 다녀갔는지 작은 음료수 상자들이 놓여있었습니다.

시간이 흐른다.

윤은 계속해서 무대를 거닌다. 그리고 그 끝에 민지를 마주한다.

5장.
[5-1 하늘 좀 올려다 봐]

민지 몸은 좀 어때?
윤 괜찮아.
민지 병원에서는 뭐래?

사이.

윤 우리 발표는?
민지 발표가 중요하나?
윤 그래도 준비한 게 있는데….
민지 괜찮아 이젠?

사이.

민지 미안해.
윤 아냐, 나도 미안…
민지 그때 네가 말한 건 사실이야?
윤 응….
민지 얼마나 남았대?
윤 이번 겨울을 넘기기 힘들대. (사이) 난 갈수록 다 잃어만 가. 꿈도, 친구도, 평범한 일상도. 갈수록 살아야 할 이유를 잃어가.
민지 나, 네가 쓰러졌을 때, 너무 두려웠어. (사이) 사실 난 엄마랑 아빠 모두 돌아가셨거든. 그래서 나도 이 세상이 너무 미웠어. 나한테서 뺏어만 가니깐. 그런데, 아빠가 해준 말이 생각나더라고. 내가 사랑하는 것이 사라질 때는 내 탓이 아닌, 그저 떠나갈 때까지 내가 사랑해준 거라고. 시간이 무한하지 않으니, 우리에게 주어진 순간들을 사랑해야 한다고. 그러니까 우리, 주어진 시간들을 더 붙잡아보자. 후회 남지 않게.

사이.

윤 (밑을 내려다보며) 야!!!!!!!!!!!

운동장에 있던 몇몇 아이들이 위를 올려다보고, 윤과 민지는 숨는다.

민지 뭐 하는 거야?
윤 하늘 좀 올려다보라고.
민지 걸리면 어쩌려고.
윤 그럼 뭐 어때.

민지도 따라서 아이들을 내려다보며 소리 지른다.
민지 야!! 그렇게 살면 재미있냐!

민지와 윤, 서로 보며 키득거린다.

윤 가자, 발표 준비 해야지. 내일이 발표인데.
민지 아냐, 무리 안 해도 돼.
윤 지금까지 한 게 아깝잖아. 이왕 하는 거 재밌게 해보자.
민지 고마워.
윤 그럼 아폴로 쏴라.

민지 (고개를 끄덕이며) 이것 또한 상대성이론이야! 그럼 내일 발표 잘해보자!

민지 먼저 떠난다. 노트를 두고 갔다.

윤은 민지가 노트를 가져다주려 하지만, 민지는 이미 떠나버렸다.

윤의 방, 민지의 노트를 바라본다.

목소리 궁금하지 않아?

윤 사실 궁금하기는 해. 맨날 뭘 그렇게 적었을까?

목소리 그래도 보는 건 좀 아닌 것 같아.

윤 우린 주워준 사람이니까 봐도 되지 않을까?

목소리 그건, 그렇지만… 뭔가….

윤 노트에 다가간다. 목소리 막아선다.

목소리 정말로 보려고?

윤 아니! 그냥 뭐, 민지 노트가 맞나 확인하려고 했을 뿐이야…!

윤 노트에서 멀어져서.

윤 민지가 모르지 않을까?

목소리 그렇긴 한데… 괜히 죄짓는 것 같기도 하고.

윤 그래도 너무 궁금한데.

목소리 그냥 보지 말자.

윤 슬쩍 다시 노트로 다가간다.

목소리　야! 뭐해!!

윤　아니, 그냥… 알겠어! 안 보면 될 거 아니야.

윤 노트를 포기하고 누워버린다.

윤　민지가 걱정하겠지?

목소리　혹시 찾고 있으려나?

윤　어떡하지…?

목소리　내일 돌려주면 되겠지??

윤/목소리　빨리 내일이 왔으면 좋겠다.

[5-2 발표]

발표 당일, 학교 강당.

윤　강당에는 전교생들이 모여서 토론 대회에 참석했습니다. 아직 민지가 학교에 오지 않았습니다.

목소리　토론 대회 시작.

윤　아직도 민지가 오지 않았습니다….

목소리　발표까지 10분 전.

윤　민지가 말도 없이 빠질 애가 아닌데….

목소리　발표.

윤　민지에게 무슨 일이 생긴 걸까요?

윤, 자리를 박차고 뛰어나간다.

목소리가 막아선다. 윤 민지의 죽음을 알게 된다. 물 쏟아진다.

6장. 시간과 눈물의 상관관계

윤 뛰기 시작한다. 민지와 함께 했던 공간들을 거친다.

윤 아마 조금 늦는 거겠죠, 다른 사람과 착각했다던가. 분명 착오가 있었을 겁니다.

윤 뛰다가 멈춰 분노한다.
다시 뛴다. 계속해서 뛴다. 그리고 민지와 함께했던 공간을 거치며 민지와 함께했던 순간들의 동작들을 한다. 동작들은 반복된다.
말들은 반복되고, 오버랩 된다. 말들은 겹치고, 쌓인다.

목소리 우리는 기쁨에서 태어나 슬픔을 향해 간다.
소리1 우리는 살아가면서 수많은 상실과 수많은 애도를 거친다.
소리2 시간 속에 태어나, 시간 속으로 사라진다.
소리3 애도는 남겨진 자들의 몫이다.
소리4 주어진 시간 동안 아무것도 하지 않는다면,
소리5 삶은 슬퍼져만 가는 과정일 것이다.
목소리 기억은 추억으로 시들어가면서 기억 저편에 화려한 한 장면으로 자리 잡는다.
소리1 우리는 시간이 영원할 것만 같은 착각 속을 살아간다.
소리2 우리는 비로소 누군가의 죽음 앞에 서야,
소리3 우리가 유한한 시간을 살아가고 있다는 것을 깨닫는다.
소리4 떨어지는 찰나들이 모여,
소리5 이젠 멈춰버린 시간들.

목소리, 소리들 우리의 시간은 유한하나, 남겨진 자들의 눈물은 무한

하다.

윤, 물을 뒤집어쓴다.
윤 민지의 노트를 열어본다.

7장. 미리 하는 인사

민지 등장.
물에 젖은 윤과 민지가 만난다. 하늘에서 눈이 펑펑 내린다. 시간이 멈춘 '무'의 공간

민지 나는 사랑하는 것들이 너무 많아서, 그것들이 나를 떠날 때마다 나는 울어야 했다. 왜 내가 사랑하는 것들은 모두 나를 울리는가, 왜 그것들은 결국 내 곁을 떠나고 마는가. 그렇게 사랑하기를 두려워하면서도 결국 또 사랑을 했다. 어머니가 떠나게 되었을 때, 사랑하는 것들이 모두 떠나고야 마는 내 인생을 저주했다. 하지만 아버지는 떠나시기 전에 나에게 얘기하셨다. "사랑하는 너는 잘못이 없다. 그저 내가 떠날 때가 되었을 뿐이다."
그제서야 깨달았다. 사랑하는 것들이 떠나는 저주받은 인생이 아니다. 내가 사랑해서 사라지는 것이 아니다. 나는 그저 그것들이 사라질 때까지 사랑했을 뿐이다. 그러니 오늘도 사랑해야지 언제 사라질지 모르는 그 유한한 것들을.
이 글을 읽고 있다면 아마 나 또한 유한의 끝에 다다랐다는 뜻일 것이다. 유한함에 슬퍼하고 있을 너에게, 내 인생은 충

분했다 전하고 싶다.
사랑하는 삶이란, 무한함 같은 유한함 속에 유한을 느끼며 소중해하는 삶이란, 충분한 삶이었다고 생각한다.
그러니 너 또한 그저 내가 떠날 때까지 사랑한 것뿐이지 너에게는 잘못이 없어.
무한히 살 것처럼 살면서 그 안에 소중함을 잊지 말아줘.
너도 충분한 삶을 살고 왔으면 좋겠어.

윤 잘 지냈어?
민지 응. 그냥 뭐.
윤 오랜만이네.
민지 그러게.
윤 어때? 죽는 건?
민지 잘 모르겠어. 시간이 멈춘 기분이야.
윤 믿기지가 않아.
민지 나도 실감이 안 나.
윤 한 번도 나 말고 누군가 죽는다는 걸 생각해본 적이 없어.
민지 너무 슬퍼하지 마. 넌 그 끝을 지킨 것뿐이야.
윤 우리 다시 만날 수 있을까?
민지 글쎄. 우리는 다른 시간 속을 살아가고 있는걸? 그래도 이 세상에는 우연이 가득하니까. 우리가 처음 짝꿍을 한 것처럼. 전교생 중에 우리 둘만 수학여행을 가지 않은 것처럼.
윤 고마워.
민지 뭐가?
윤 그냥 다.
민지 나도. (사이) 후회 없이 살아. 무기력에 빠져 살지 말고. 이 순간의 소중함을 놓치면, 시간이 한참 지나서야 깨닫게 돼. 그리고 너 그 두 눈! 내가 고치고 갔어야 했는데. 잘 지내.

민지, 의자를 뒤집어 책상 위에 올려둔다. 뒤돌아서 크게 한숨을 들이 마신다. 혼자 '상황극'을 시작한다.

민지 자, 오늘은 정말로 눈이 올 것 같은데요! 꼭 우산을 챙겨야겠어요. 바쁘더라도 잠깐 멈춰서서 하늘을 올려다보는 것은 어떨까요? (사이) 그럼 이만… 다녀오겠습니다!

민지 사라진다. 윤 혼자 남겨진다. 다시 시간이 흐른다. 매우 천천히.

8장. 끝나지 않는 겨울

윤 며칠이 지났는지 모르겠습니다. 방안에서 가만히, 그저 가만히 누워있었습니다. 한 번도 제가 아닌 다른 누군가의 죽음을 상상해본 적이 없었습니다. 그 짧은 시간에도 누군가의 죽음은 있었습니다. 병원에서는 더 큰 병원으로 옮기는 것을 권유받았습니다.

목소리 선생님이 찾아왔습니다. 그만하고, 학교를 나오라고. 이제 그만 보내주라고 합니다. 살 사람은 살아야 한다, 잘 살아야지 민지가 마음 편하게 갈 수 있다. (사 이) 시간이 지나면 다 괜찮아진다고.

윤 민지는 새끼 고양이를 구하려다가 사고를 당했습니다. 민지에게 그 작은 것이 그렇게 소중했을까요? 더 이상 미련을 남기지 않겠다고 다짐했었는데….

목소리 애도의 완성은 성공하지 못한 애도이다.

윤 다시 민지의 노트를 들여다본다. 그리곤 학교로 향한다. 달린다.

윤 저는 다시 학교를 나가기로 결심했습니다. 세상은 민지의 죽음과는 무관하게, 아무 일 없었다는 듯 잘만 돌아가고 있었습니다.

사이.

민지와 함께했던 곳들을 찾았습니다. 동아리실, 고양이들이 있는 분리수거장, 그리고 민지가 빛나던 옥상.
항상 저를 반겨주던 민지는 그 어느 곳에도 없었습니다.
민지의 남겨진 시간들, (사이) 민지의 만화책들. 꼬깃꼬깃 여전히 좋은 엄마로 쓰여진 진로 희망서, 결국 함께하지 못했던 발표, 그리고 전달해주지 못한 민지의 노트. 민지의 노트 첫 페이지에는 전하고 싶었던 말들, 하지 못했던 말들, 그리고 언제 떠날지 모르니 미리 하는 인사. 라고 적혀있었습니다. 그 안에는 민지의 수많은 순간들이 자리하고 있었습니다.

목소리 오늘이 그리운 날이 온다. 내일이 그리운 날이 온다. 이런 날들이 있다는 것은 소중한 삶을 살아온 것이다.
윤 그리고 마지막에는 저에게 남겨진 편지.

윤 다시 노트를 바라본다.

윤 그렇게 봄, 또 봄, 또 다시 다음 봄이 찾아왔습니다. 저는 여전히 살아있습니다.
하지만 언젠간 저에게도 끝이 오겠죠. 그래도 이제는 그 작은 책상 속 세상이 아닌, 민지가 보여준 더 큰 세상들 속에서. 하루하루를 살아내고 있습니다.

목소리 고마워

윤, 세상을 향해.

윤 안녕하세요. '윤'이라고 합니다. 잘 부탁드립니다!

막.
커튼콜.

작가의 말 / 안준환

우리는 언제 소중함을 느낄까요? 언제 우리가 당연하게 생각했던 것들의 진정한 의미를 깨달을까요?

지나가 버린 시절의 상실과 애도에 대한 이야기를 해보려고 합니다.

이 이야기는 학창 시설로 거슬러 올라갑니다. 그 시절, 그 작은 세상 속에서, 우리의 세상은 친구들과 이 학교가 거의 전부였습니다. 친구와 다퉜던 날에는 온 세상이 무너져 내리는 것만 같았고 작은 즐거움에 잠들기 직전까지 설레었습니다.

더 큰 세상으로 나온 우리는 그 시절의 세상과 점점 멀어지며 그리워만 하겠죠.

그 시절을 떠나보내고 우리는 또 다시 살아갑니다. 그 시절의 소중함을 마음 한 켠에 품은 채로요.

그리고 언제든 꺼내보며 우리가 나아갈 힘이 되어주겠죠.

독자분들의 소중했던, 지나가 버린 시간들을 조금이나마 되뇌는 시간이 되길 바라며 글을 마무리해봅니다.

2023한양대학교 연극영화학과

캡스톤 창작희곡선정집 10

초판 1쇄 인쇄일 2023년 12월 19일
초판 1쇄 발행일 2023년 12월 27일

지 은 이 (작품수록순) 김승철 · 김희경 · 장산
이희란 · 홍사빈 · 안준환
펴 낸 이 권용 · 김준희 · 조한준 · 우종희
만 든 이 이정옥
만 든 곳 평민사
서울시 은평구 수색로 340 〈202호〉
전화 : 02) 375-8571
팩스 : 02) 375-8573
http://blog.naver.com/pyung1976
이메일 pyung1976@naver.com
등록번호 25100-2015-000102호
ISBN 978-89-7115-836-4 03800
정 가 16,000원